Zehn sehr böse Geschichten

Alfonso Pecorelli

Zehn sehr böse Geschichten

Riverfield

1. Auflage 2020

Alle Rechte vorbehalten
© copyright by
Riverfield Verlag, Basel
www.riverfield-verlag.ch

Lektorat & Satz:
ihleo verlagsbüro – Dr. Oliver Ihle, Husum (D)

Umschlaggestaltung:
Hauptmann & Kompanie, Zürich (CH),

Druck und Bindung:
CPI books GmbH, Leck (D)

Printed in Germany

ISBN 978-3-9525097-2-2

Inhalt

Todsünde	9
Schwarze Rache	39
Die Erbin	59
Mammons Jünger	77
Sexsüchtig	107
Geburtsfehler	123
Seelenverwandt	149
Romanow	161
Tesla	191
Wunschtraum	205

Ein Kribbeln spür' ich, ganz verstohlen,
Das Böse kommt auf leisen Sohlen.

William Shakespeare

Todsünde

Der unmenschliche Schrei war längst verstummt. Nun wimmerte er wie ein kleines Kind. Sie stand einfach da, ohne ihn anzufassen oder etwas zu sagen, und wartete, bis er sich beruhigen würde. Er sackte ganz langsam, wie in Zeitlupe, auf die Knie. Und als sein Kopf nach unten hing, die Arme schlaff baumelten und sein Speichel in den Schnee tropfte, erinnerte die Szene – für einen kurzen Moment und aus der Ferne betrachtet – an einen Ausschnitt aus Michelangelos »Jüngstem Gericht«, ganz so, als wäre der alte Meister auferstanden, um diese eine Szene aus seinem Gemälde in der Sixtinischen Kapelle in die Neuzeit zu verlegen und damit am Bahndamm eines kleinen Dorfes im Schwarzwald die Frage nach Schuld und Sühne neu zu stellen – denn einer der beiden Milliardäre dort würde an diesem Morgen sterben.

*

Karl-Theodor Schäubele war ein fleißiger Student, der sich, anders als die Mehrzahl seiner Kommilitonen, weder für Frauen noch für andere Freizeitvergnügen interessierte. Die meiste Zeit verbrachte er entweder in seinem kleinen Zimmer auf dem Campus der Universität oder sommers im Schatten eines Baumes auf einer der Wiesen des weitläufigen Universitätsgeländes. Schäubeles rundlicher Kopf, seine schmalen Lippen, die leicht gewellten, braunen Haare, dies zusammen mit seinem mittelgroßen, kräftigen Körper machten ihn für Frauen unauffällig. Das andere Geschlecht interessierte sich nicht für ihn, und das war Schäubele auch recht so, denn er wollte sein Studium möglichst schnell hinter sich bringen, um im Betrieb seines Vaters arbeiten zu können.

Sein Vater – ein hart arbeitender und gläubiger Mann – hatte seinen Sohn mit der Strenge eines Kleinunternehmers erzogen und ihn seit Kindesbeinen gelehrt, dass »Geduld und Genügsamkeit die wertvollsten aller Tugenden sind«.

Obschon Schäubele eigentlich Theologie hatte studieren wollen, um »die Welt als Ganzes zu verstehen«, wie er seinem Vater oft gesagt hatte, drängte ihn dieser zum Chemiestudium, damit er in der Lage sei, »eines Tages unseren kleinen, aber feinen Arzneimittelbetrieb gebührend weiterführen zu können, mein Sohn.« Also studierte der junge Karl-Theodor Chemie. Und zwar in Heidelberg. Er schloss das Studium mit Bravour ab – summa cum laude. Danach begann er im elterlichen Betrieb als

Chemiker zu arbeiten und promovierte während dieser Zeit, wiederum in Heidelberg. Mit nur sechsundzwanzig Jahren wurde er bereits Privatdozent an seiner Alma Mater. Schäubele liebte die Forschung und das akademische Leben. Jeden Monat war er ein paar Tage an der Universität als Privatdozent tätig, bewohnte in dieser Zeit ein kleines Dozentenzimmer und forschte ansonsten im Betrieb seines Vaters.

Sein Leben schien einen vorbestimmten, gemächlichen Gang zu nehmen – und dies war ganz im Sinne des jungen Karl-Theodor Schäubele.

Dann jedoch, es war ein sonniger Frühsommertag, sah er sie das erste Mal in Heidelberg: Sie hieß Susanne Stegelmann, kam aus Hamburg und studierte Medizin. Nie im Leben hätte Schäubele es gewagt, sie anzusprechen, denn sie hatte die Statur eines Fotomodells: über eins achtzig, schlank und sportlich, ein fast übergroßer, aber fester Busen und ein wohlgeformter Hintern. Das lockige, blonde Haar, ein Gesicht wie aus Porzellan und die azurblauen Augen vervollständigten dieses Bild von perfekter Schönheit, wie Schäubele schon beim ersten Anblick aus den Augenwinkeln konstatierte.

Er saß, wie immer bei warmem Wetter, unter seinem Lieblingsbaum unweit der Dozentenunterkünfte und studierte seine Unterlagen. Sie setzte sich neben ihn unter den Baum, nickte ihm kurz zu und vertiefte sich in ihre Medizinalbücher. So ging es während des ganzen Sommers. Sie sprachen kein einziges Mal miteinander.

Es war gegen Ende August, das Gewitter zog praktisch ohne Vorwarnung auf und wenige Minuten später regnete es in Strömen. Die Blitze erhellten den Himmel stroboskopartig, als wäre das Universitätsgelände plötzlich in eine gigantische Diskothek verwandelt, und das Krachen der Donnerschläge schien den nahenden Weltuntergang anzukündigen. Beide rannten völlig durchnässt über die Wiese zum nächstgelegenen Gebäude – dem Dozentenwohnheim. Susannes Kleider klebten wie eine zweite Haut an ihrem perfekten Körper, als sie nebeneinander im Korridor standen. Schäubele wagte kaum sie anzuschauen, schielte verlegen zu Boden und sagte:»Du kannst dich auf meinem Zimmer trocknen.« Er hielt ihr den Schlüssel hin.»Zimmer Nummer neun, erster Stock, gleich links.« Seine Stimme klang schüchtern wie die eines kleinen Jungen, als er anfügte:»Ich warte solange hier.«

Sie trafen sich von da an fast jedes Wochenende. Er drängte sich nie auf. Sie diskutierten über Gott und die Welt – stundenlang.

Sie waren füreinander bestimmt.

*

Zwei Jahre später heirateten sie. Als Schäubeles Vater kurz darauf und unerwartet starb, übernahm Karl-Theodor den Familienbetrieb. Nach einem Jahr kam ihr Sohn Matthias zur Welt. Der kleine Matthias, eine Frühgeburt, entwickelte sich zunächst sehr zögerlich, begann erst spät mit dem Gehen und kränkelte oft. Doch er war ein blonder Engel. Susanne Schäubele blieb zu Hause und kümmerte sich nur noch um den Jungen. Karl-Theodor hätte gerne noch weitere Kinder gehabt, doch er fand sich mit der Tatsache ab, ein Einzelkind zu haben. Hauptsache, es gab mit Matthias nun einen Nachfolger für seine Firma, wie er oft dachte.

Die Jahre vergingen wie im Flug. Schäubele kümmerte sich weiterhin um das Unternehmen und Susanne um den Jungen. Der kleine Matthias entwickelte sich prächtig, schlank und groß wie seine Mutter, intelligent und robust wie sein Vater.

Schäubeles Unternehmen wuchs langsam, aber stetig. Nie überhastete er eine Entscheidung. Geduld und Genügsamkeit, die ihm sein Vater eingetrichtert hatten, waren zu seinem Credo geworden, er hatte sie weiter kultiviert und daraus gleichsam seinen Leitspruch entwickelt: »Timing ist alles im Leben. Wer nicht den richtigen Zeitpunkt abwarten kann, der hat schon verloren, bevor das Spiel beginnt«, pflegte er bei fast jeder Gelegenheit im Privaten wie im Geschäftlichen zu sagen. Dies prägte sein unternehmerisches Denken und Handeln.

Er borgte sich immer nur genau so viel Geld von den Banken, wie er in angemessener Zeit zurückzahlen konnte. Schäubele, ein Schwabe durch und durch: blitzgescheit, sparsam (um nicht zu sagen geizig), mäßigend und hart zu sich selbst und noch härter zu seinem Sohn. Verschwendung hasste er. Luxus hielt er für eine schlechte Eigenschaft. Geldverdienen jedoch nicht. Der einzige Luxus, den er sich leistete, war ein Porsche Turbo. Ein Geschoss auf vier Rädern. Ein Wunder schwäbischer Autobaukunst schlechthin, die Krönung deutscher Tugenden auf vier Rädern, die selbst eine Janis Joplin veranlasst hatte, ein solches Auto zu kaufen.

Schäubele entwickelte sich zum Unternehmer par excellence. Aber das Leben als Geschäftsmann begann auch, seinen Charakter zu verändern. Unmerklich zunächst, aber stetig – das Virus der Macht hatte von ihm Besitz ergriffen.

Er liebte seine Frau über alles. Seine einzige Sorge war, sie könne ihren Sohn zu sehr verweichlichen und »zum Muttersöhnchen« machen, wie er es zu nennen pflegte. »Ein guter Mensch und Unternehmer soll er werden«, sagte er, sooft sie allein waren. »An meinem fünfundsechzigsten Geburtstag soll der Junge die Firma übernehmen.« Und Susanne Schäubele kannte ihren Mann gut genug, um zu wissen, dass er dies auch so meinte.

Kein Luxus, keine Vorzugsbehandlung – schon gar nicht für seinen eigenen Sohn. Schäubele erzog den jungen Matthias mit harter Hand. Schon als Sechsjähriger musste der Knabe Medikamente an alte Menschen in der Umgebung austragen und bekam vom Vater einen »Lohn«. Er solle lernen, was es heißt, Geld zu verdienen – ein weiterer Spruch, den Schäubele gern und oft verwendete.

An manchen Tagen regte sich Susanne Schäubele über dieses Verhalten ihres Mannes auf, doch meist schwieg sie und akzeptierte es, denn auch sie glaubte, es sei wichtig und richtig, dass ihr Sohn dereinst gut gerüstet ins richtige Leben einsteigen könne und nicht den Verführungen ererbten Geldes erliege. Zudem liebte sie ihren Mann auf eine ganz spezielle Weise, die sich nur aus ihrem kühlen nordischen Charakter ableiten ließ und den meisten Menschen verborgen blieb.

*

Matthias Schäubele war ein Mustersohn, wohlerzogen, freundlich, weltoffen und charmant. Aus dem blonden, kleinen Engel war ein hochgeschossener, aber keineswegs schlaksiger junger Mann geworden.

Dann und wann begehrte der Junge, wie alle jungen Menschen in seinem Alter, gegen die Strenge des Vaters auf, doch letztlich fügte er sich immer. Wie sein Vater war auch Matthias wissbegierig und zudem ein sehr guter Schüler. Seine Mutter liebte er abgöttisch, seinen Vater achtete er für dessen Intellekt und das unternehmerische Gespür.

Der einzige und sehnlichste Wunsch, den der junge Matthias hegte, war ein Automobil zu seinem achtzehnten Geburtstag, doch Karl-Theodor Schäubele blieb hart.

»Ich hatte in deinem Alter noch nicht einmal ein Fahrrad, Junge!«

Allein schon, dass Matthias ein Moped besaß, störte Schäubele Senior, und wäre es nicht seine Frau gewesen, die vehement dafür votiert hatte, ihrem Sohn zu seinem sechzehnten Geburtstag das Moped zu schenken, wäre dieser immer noch mit dem alten Fahrrad seines Vaters zur Schule geradelt.

So fuhr er einmal im Monat am Samstag mit dem Moped in die Disco in der Stadt, öfter erlaubte es der Vater nicht.

»Du musst lernen, wenn du mal mein Unternehmen führen willst«, pflegte er zu sagen und natürlich: »Timing ist alles, Junge …«

*

Karl-Theodor Schäubele war ein Durchbruch gelungen: Er hatte einen Wirkstoff gegen Depressionen synthetisiert. Das neue Mittel war absolut bahnbrechend, da praktisch nebenwirkungsfrei, wie die klinischen Tests bestätigten. Linderung, ja in vielen

Fällen gar eine vollständige Heilung dieser sich rasant entwickelnden und um sich greifenden Zivilisationskrankheit war möglich geworden. Schäubele flog persönlich in die USA, um bei der letzten Phase der Zulassung seines neuen Medikamentes durch die US-Gesundheitsbehörden vor Ort zu sein. Er ahnte, welch ein Erfolg sich für seine Firma anbahnte.

Schäubele wollte zum achtzehnten Geburtstag seines Sohnes wieder zu Hause sein und hatte seine Reise dementsprechend geplant, doch die Zulassung des Medikamentes verzögerte sich um ein paar Tage, weshalb er just an Matthias' Geburtstag zurückflog und erst gegen 22 Uhr landen würde. So kam es, dass Matthias an seinem achtzehnten Geburtstag – es war ein Samstag und ein lauer Sommerabend – mit seinem Moped in die Disco fuhr, um mit Freunden zu feiern, während sein Vater hoch über dem Atlantik auf die Zulassung seines neuen Medikamentes anstieß und gegen seine Gewohnheit ein paar Gläser Champagner zu viel trank.

*

Es gibt Augenblicke im Leben eines Menschen, in denen man Dinge tut, die man im Nachhinein nicht mehr nachvollziehen kann, und sich ein Leben lang fragt, was in solch einem Moment in einen gefahren sei.

Karl-Theodor Schäubele hatte an besagtem Abend solch einen Augenblick, denn nachdem sein Flugzeug planmäßig kurz nach zehn Uhr abends gelandet war, ging er nicht nach Hause, sondern in ein kleines, sehr exklusives Bordell. Die Adresse hatte er schon vor langer Zeit von einem Geschäftspartner erhalten. Ob es der Erfolg war, der ungewohnte Alkoholkonsum, beides gar? Schäubele selbst hätte es nicht zu sagen vermocht. Vielleicht auch die Tatsache, dass – obwohl er seine Frau immer noch umwerfend schön fand – sie schon geraume Zeit keinen Sex mehr zusammen gehabt hatten?

Knapp vier Stunden später, er hatte mit einer jungen Polin geschlafen, die gut und gerne seine Tochter hätte sein können, übermannte ihn das schlechte Gewissen. Wie konnte er sich nur von seinen niedersten Instinkten so überwältigen lassen? Er, Karl-Theodor Schäubele, der noch nie in seinem Leben fremdgegangen war – bis zu diesem Abend! Er, der fromme, fleißige Forscher und Unternehmer, der sich selbst, seiner Familie und seinen Mitarbeitern höchste ethische und moralische Standards abverlangte!

Leicht wankend, er hatte auch im Bordell getrunken, stieg er gegen zwei Uhr morgens in seinen Porsche und raste los. Die Autobahn war fast leer, der Porsche huschte wie ein schwarzes Gespenst über den nächtlichen Asphalt. Die letzten zwanzig Kilometer führten über eine an manchen Stellen leicht gewundene, dann und wann sanft ansteigende und wieder abfallende Landstraße, die sich mitten durch den Schwarzwald zog. Schäubele wollte nur noch so schnell wie möglich nach Hause, sich hinlegen und ausschlafen, das Ganze als einmaligen Fehltritt vergessen. Er schwor sich, dass er gleich anderntags den Wunsch seines Jungen erfüllen würde – er würde ihm das ersehnte Auto kaufen. Ja, genau, das würde er machen. Der Junge und auch Susanne würden sich riesig freuen.

Die dunkle Straße vor ihm war schnurgerade, sanft ansteigend. Schäubele schaltete in den nächsthöheren Gang und trat das Gaspedal voll durch. Der Furor des Fahrers schien sich irgendwie auf den Wagen zu übertragen, wie ein Raubtier brüllte und fauchte der Motor auf, beschleunigte das Auto mühelos auf weit über zweihundert Stundenkilometer und jagte es wie ein Geschoss auf die Kuppe zu.

Er sah das Moped noch, riss das Lenkrad herum und hätte das Ausweichmanöver beinahe geschafft. Wenige Zentimeter fehlten nur, ein wenig langsamer, eine Sekunde früher oder später, kein Besuch im Bordell, eine kleine Flugverspätung, tausend andere Dinge hätten eintreten können ... Dann hätte Karl-Theodor Schäubele den Mopedfahrer nicht mit fast zweihundert Stundenkilometern mit dem rechten Außenspiegel seines Wagens gestreift. Die Wucht der kinetischen Energie war enorm, sie zerschmetterte dem Mopedfahrer die linke Hand. Das

Moped samt Fahrer flog etwa zwanzig Meter weit durch die Luft und krachte gegen einen Baum. Hundert Meter weiter kam der Porsche zum Stillstand.

Schäubele stand unter Schock, seine Hände zitterten so stark, dass er es kaum schaffte, den Rückwärtsgang einzulegen. Langsam fuhr er bis zur Unfallstelle, öffnete die Tür, der Motor lief sanft grollend weiter. Er ging zu dem reglosen Körper, der in einer grotesk verrenkten Pose im Straßengraben lag. Das Gesicht des Mopedfahrers war fast unversehrt, nur aus beiden Ohren sickerte Blut in einem kleinen Rinnsal. Die Rücklichter des Porsches tauchten die Szenerie in ein schmerzliches Rot ...

Matthias Schäubele war eben erst achtzehn Jahre alt geworden.

Schäubeles Gehirn weigerte sich, das Gesehene zu glauben. Er starrte seinen toten Sohn minutenlang an, ohne sich zu bewegen. Und dann geriet er in Panik, Adrenalin schoss durch seinen Körper, die Gedanken überschlugen sich.

›Sie werden mich verhaften. Ich habe meinen Sohn getötet. Ich habe meinen eigenen Sohn umgebracht! Sie werden mich ins Gefängnis werfen. Das Ende der Firma ...‹

Schäubele torkelte zum Porsche zurück, fiel auf den nackten Asphalt, rappelte sich wieder auf, fiel wieder hin, kroch auf allen vieren wie ein in die

Enge getriebenes Tier auf den Porsche zu, zog sich wie ein Ertrinkender in den Innenraum des Wagens, der aber kein Rettungsboot war heute Nacht, sondern ein Mordinstrument.

Wie von Sinnen raste er die letzten paar Kilometer nach Hause. Er fuhr den Wagen in die Garage.

›Was habe ich bloß getan? Oh Gott, was habe ich bloß getan?‹ Der Gedanke nahm ihn ganz und gar gefangen, bemächtigte sich seiner, ließ ihn nicht mehr los. ›Was soll ich tun?‹

Er saß eine Weile im Wagen. Seine Hände zitterten wie verrückt. Das Garagentor stand noch offen. Er stieg aus dem Wagen.

›Soll ich Susanne aufwecken?‹ Sie hatten getrennte Schlafzimmer – seit Langem schon. Sie hatte ihn wohl kaum gehört, denn ihr Schlafzimmer lag im Westflügel des großen Hauses und nach hinten zum Garten hinaus. ›Und was soll ich ihr sagen? Hallo Schatz, good news, das Medikament wurde in den USA zugelassen, jetzt brauchen wir uns keine Sorgen mehr um unsere Zukunft zu machen – und ja, bevor ich es vergesse, ich habe soeben deinen Sohn, unser einziges Kind, getötet? Und ihn im Straßengraben liegen gelassen. Und vorher war ich noch bei einer Prostituierten, Schatz. – Ach, mach dir nichts draus, mein Liebster, es gibt Schlimmeres. Komm, leg dich schlafen, mein Guter, morgen ist auch noch ein Tag!‹ Er kicherte wie irr bei diesem absurden Gedanken. ›Ich glaube, ich werde jetzt gleich verrückt.‹

Irgendwann stand er neben seinem Wagen. Wie oder wann er ausgestiegen war – daran konnte er sich in diesem Moment schon nicht mehr erinnern. Alles war wirr, in seinem Kopf brummten eine Milliarde Insekten. Er stand da und starrte das Auto an. Als ob der Wagen die Schuld trüge und nicht er. Ein wildes Tier, das seinen Sohn gerissen hatte, so sah der Porsche aus. Ja genau, wie ein schwarzer Panther, der geduckt zum Sprung ansetzt, um sein nächstes Opfer zu reißen, seine Fangzähne ins Fleisch eines Unschuldigen zu bohren, bis dieser armselig und zuckend in einem Straßengraben verendet. Schäuble zitterte am ganzen Körper, das Pochen in den Schläfen, das Rauschen in den Ohren, das Summen in seinem Kopf … Er war sich sicher, nein, er hoffte gar, dass er auf der Stelle tot umfallen, dass der schwarze Panther ihn anspringen, ihn in der Luft zerreißen, zu Tode beißen würde und sein Blut die weißen Wände der Garage tränkte – die gerechte Strafe Gottes für einen Kindsmörder.

Aber Schäuble starb nicht.

Und der Porsche war kein wildes Tier, das sich selbst zum Leben erweckt. Schäuble hatte jegliches Zeitgefühl verloren. Ob er nur eine Minute oder Stunden hier in der Garage mit seinem Mörderauto stand, hätte er nicht zu sagen vermocht. Langsam begann sein Gehirn wieder zu arbeiten. Und dann sah er, dass der rechte Außenspiegel beschädigt war. Ein paar Kratzer nur – an der Stelle, an der der Spiegel mit unglaublicher Wucht die linke Hand seines Sohnes getroffen haben musste, wie Schäubele zu seinem eigenen Erstaunen sehr rational überlegte. Sein Unternehmerinstinkt übernahm die Steuerung seines Denkens.

›Dein Sohn ist tot. Du kannst daran nichts mehr ändern. Bald schon wird ihn jemand finden. Du musstest ihn da liegen lassen. Er war eh schon tot. Wärst du dageblieben, hätte man dich verhaftet. Du hattest auch getrunken. Du warst bei einer Prostituierten. Susanne hätte es dir nie verziehen – weder das eine noch das andere.‹

Die innere Stimme beruhigte ihn immer mehr. Ja, die Stimme hatte recht. Er hätte sein Unternehmen verloren. Und wozu? Seinem Sohn würde dies auch nicht helfen. Er hatte richtig gehandelt. Der Spiegel … Er musste den Spiegel abmontieren und verstecken. Nein, er hatte eine bessere Idee. Er stieg wieder ins Auto, startete den Motor, fuhr ein kurzes Stück zurück aus der Garage, legte wieder den ersten Gang ein, gab Gas und krachte mit dem rechten Außenspiegel in die Garagenwand. Es gab ein lautes, kreischendes Geräusch, als das Metall daran entlangkratzte und der Spiegel zersplitterte. Schäubele schaltete den Motor des Wagens ab, stieg aus und drückte den Schalter für das Garagentor, das sich daraufhin leise schloss.

Erneut wurde ihm schwindlig. Er eilte in den ersten Stock und übergab sich im Badezimmer. Dann nahm er vier Beruhigungstabletten aus dem Spiegelkasten über der Waschschüssel, wankte in sein Schlafzimmer und fiel, angezogen wie er war, ins Bett. Das Aufheulen eines Motors und die quietschenden Reifen auf dem Asphalt registrierte er unterbewusst, bevor ihn ein todähnlicher Schlaf übermannte.

*

Die Hausklingel ertönte immer wieder. Mit entnervender und scheinbar grenzenloser Ungeduld wurde sie von jemandem betätigt. Schäubele wachte aber erst auf, als außer der immer wieder rasselnden Hausklingel das Pochen kräftiger Männerfäuste an der Eingangstür zu hören war. Sein Kopf brummte, er fühlte sich schlecht, die Klingel und das Pochen an der Tür hatten aufgehört. Er zog hastig die Kleidung aus und seinen Morgenrock an, um zu verbergen, dass er in seinem Anzug geschlafen hatte.

Wieder das Pochen an der Haustür.

Wo war denn Susanne? Was war eigentlich geschehen? Auf einmal fiel es ihm wieder ein: der Unfall, sein Sohn … der Porsche in der Garage. Die Polizei musste Matthias gefunden haben. Im Straßengraben. Und jetzt waren sie gekommen, ihn festzunehmen. Sie würden den Porsche untersuchen, würden die Blutspuren finden, ihn ausfragen, wann er nach Hause gekommen sei. Er hatte kein Alibi. Man würde ihn ins Gefängnis werfen, seine

Firma zugrunde gehen. All dies schoss Schäubele in Sekundenbruchteilen durch den Kopf. Er trat in die Diele im ersten Stock, das Pochen und Klingeln hörte nicht auf. Stimmen, die vor der Haustür zu hören waren.

»Dr. Schäubele, bitte machen Sie auf. Hier ist die Polizei!«

Er bat die zwei Beamten in den Salon und entschuldigte sich für sein Aussehen. Er sei sehr spät aus Übersee zurückgekommen gestern Abend. Was denn los sei, fragte er – wohl wissend, weshalb die Beamten hier waren.

Karl Hägle, Oberkommissar des Landkreises, kannte Schäubele natürlich. Nicht persönlich, aber aus den Medien und von diversen gesellschaftlichen Anlässen. Kommissar Heimer, sein junger Assistent, stand neben ihm.

»Herr Dr. Schäubele, entschuldigen Sie die Störung zu so früher Stunde ...«

Schäubele winkte ab. »Worum geht es?«

»Sind Sie allein im Hause, Herr Dr. Schäubele?« Heimer war noch jung und vorpreschend.

Hägle schaute seinen Assistenten mit einem bösen Seitenblick an, sagte jedoch nichts.

Schäubele räusperte sich, seine Stimme klang belegt: »Nein, meine Frau ist oben und schläft, wie ich annehme.«

Oberkommissar Hägle hasste diesen Teil seiner Arbeit, auch in all den Jahren, die er nun schon tätig war, hatte er sich nie daran gewöhnt, den Menschen die absolut schrecklichste aller Nachrichten, den persönlichen Super-GAU aller Eltern sozusagen, zu überbringen.

»Ich muss Ihnen leider mitteilen, dass Ihr Sohn Matthias gestern Nacht bei einem Autounfall tödlich verletzt wurde.«

Die Worte waren längst im Raum verhallt. Die Stille war erdrückend. Einzig das leise Ticken der großen Standuhr im Hintergrund war zu hören und erfüllte den Raum mit etwas Leben.

Erst das Klirren einer zu Boden fallenden und zersplitternden Tasse brach den Bann. Susanne Schäubele stand auf der elegant geschwungenen Treppe. Ihre Hand, die eben noch die Teetasse gehalten hatte, zitterte leicht.

Weitere Sekunden des Schweigens verstrichen, ohne dass jemand ein Wort gesprochen hätte. Die Szene schien wie eingefroren. Wie in Zeitlupe setzte Susanne Schäubele einen Fuß vor den anderen und stieg die letzten Stufen der Treppe hinab. Der burgunderfarbene Morgenrock verlieh ihr etwas Erhabenes. Ihr schlankes, aristokratisches Gesicht war maskenhaft starr und porzellanweiß zugleich.

»Frau Dr. Schäubele, ich möchte Ihnen unser tiefstes Bedauern und Beileid ...« Er verstummte mitten im Satz.

Susanne Schäubele hatte die rechte Hand erhoben, eine Geste, die keinen Widerspruch duldete.

Langsam ging sie auf ihren Mann und die beiden Polizeibeamten zu.

»Was ist passiert?« Ihre Stimme klang erstaunlich ruhig.

»Ein Autounfall.« Hägle räusperte sich kurz, bevor er weitersprach. »Fahrerflucht. Wir suchen Zeugen, aber es muss sehr spät nachts passiert sein, sodass es schwierig werden wird ...«

Erneut hatte Susanne Schäubele mit einer Geste ihrer Hand den Satz des Kommissars unterbrochen.

»Wo ist unser Sohn?«

»Im Kreiskrankenhaus ... zur Obduktion.« Hägle verfluchte sich dafür, dass ihm dies herausgerutscht war, aber weder Susanne noch Karl-Theodor Schäubele reagierten darauf.

Susanne Schäubele sagte nur: »Bitte lassen Sie uns allein!«, und wies mit der Hand zur Tür.

Als die Polizisten an der Eingangstür standen, drehte sich der junge Kommissar Heimer um; er musste die Frage stellen: »Herr Dr. Schäubele, verzeihen Sie mir die Frage, aber der guten Ordnung halber muss ich Sie fragen, wo Sie gestern zwischen Mitternacht und drei Uhr morgens waren.«

Schäubele, der die ganze Zeit ruhig gewesen war und meist zu Boden gestarrt hatte, zuckte bei der Frage leicht zusammen. Er würde jetzt alles sagen. Ja, das war das einzig Richtige, das zu tun war, er würde den Mord – anders konnte er es für sich nicht nennen – gestehen, er würde dafür bestraft werden. Doch selbst dies würde nicht Strafe genug sein für ihn, Gott würde ihm diese Schuld niemals von den Schultern nehmen. Er atmete tief durch und ...

»Mein Mann war hier bei mir!« Susannes Stimme klang eisig. »Er landete um 22 Uhr und war gegen 23 Uhr 45 zu Hause. Wir haben noch eine Kleinigkeit zusammen gegessen und sind dann schlafen gegangen.«

»Und bezüglich der Uhrzeit sind Sie sich ganz sicher, Frau Dr. Schäubele?«, hakte Heimer nach.

Bevor sie darauf antworten konnte, legte sich Oberkommissars Hägles Hand hart und bestimmt auf die Schulter seines Assistenten.

»Das wäre alles, Heimer«, und zu den Schäubeles gewandt: »Wenn wir noch Fragen haben, werden wir auf Sie zukommen.«

Hägle wollte die Eltern, die soeben vom Tod ihres einzigen Kindes erfahren hatten, nicht weiter belästigen und daher hatte er den beiden auch eine merkwürdige Sache verschwiegen, die ihm seit Stunden zu denken gab: Der junge Matthias Schäubele war mit einer Plane bedeckt gefunden worden, als hätte sie jemand aus Pietätsgründen über dem Körper ausgebreitet – ein atypisches Verhalten für Fahrerflucht, wie Hägle wusste.

*

Nach der Beerdigung schloss sich Susanne Schäubele in ihr Zimmer ein und verließ es wochenlang nicht mehr. Sie sprach kein Wort – weder mit ihrem Mann noch mit sonst jemandem.

Schäubele selbst arbeitete Tag und Nacht, um sich abzulenken. Die ersten Wochen kam er kaum nach Hause und schlief meist in der Firma. Er traute sich nicht zu fragen, warum seine Frau ihm ein falsches Alibi verschafft hatte.

Es verging kein Tag, an dem er nicht an seinen Sohn dachte, an diese Nacht auf der einsamen Landstraße. Den Porsche hatte er zwei Tage nach dem Unfall verschrotten lassen. Er musste dem Schrotthändler eine enorme Summe dafür bezahlen, weil dieser keinesfalls »ein beinahe neues Luxusauto« in die Metallpresse stecken wollte. Schäubele stand selbst neben der gigantischen Presse, als der Porsche zu einem kompakten Würfel aus Metall und Gummi zermalmt wurde.

Zwei Monate nach dem Tod ihres Sohnes, es war ein Sonntag und Schäubele hatte seit Langem wieder einmal zu Hause geschlafen, stand Susanne an seinem Bettende und sagte knapp:

»Ich will mitarbeiten in der Firma.«

Sie wolle ab sofort an allen Vorstandssitzungen teilnehmen. Sie verlange Einsicht in alle Unterlagen und Transaktionen der Firma. Schäubele willigte ein, er dachte, es werde ihr helfen, den Ver-

lustschmerz zu überwinden. Susanne Schäubele
erhielt zudem alle Generalvollmachten des Unter-
nehmens.

Jahrein, jahraus saß fortan seine Frau mit ihm in
fast allen Vorstandssitzungen und auch in unzähligen Meetings und Gremiensitzungen. Dennoch
blieb sie stets im Hintergrund, weder ergriff sie je
das Wort noch stellte sie Fragen. Sie hörte einfach
nur zu und lernte.

*

Zwanzig Jahre später war aus Schäubeles kleiner
Firma ein Weltunternehmen geworden – ein Im-
perium hatte er erschaffen, mit weit über 100 000
Mitarbeitern, ein weitverzweigtes Industriekonglo-
merat mit unzähligen Beteiligungen. Nach dem
Tod seines Sohnes hatte Karl-Theodor Schäubele
nicht nur seine ganze Energie in das Unternehmen
gesteckt, nein, die Jahre hatten ihn zu einem extrem
harten und gefürchteten Unternehmer werden lassen. Reihenweise hatte er seine Mitkonkurrenten
entweder übernommen oder mittels brutalster Ge-
schäftsmethoden (manche am Rande der Legalität)
in den Ruin getrieben. Sein Motto und Leitspruch
»Timing ist alles ...«, den er immer auch selbst ange-
wendet und gelebt hatte, war in Unternehmerkrei-
sen legendär geworden. Und obwohl so einer der

größten deutschen Konzerne entstanden war, hatte es Schäubele geschafft, ihn in Familienbesitz zu halten.

Den Tod ihres Sohnes hatten die Schäubeles in all den Jahren nie wieder, mit keiner Silbe, angesprochen.

Doch die Zeit hatte Spuren hinterlassen. Schäubele wurde gierig, tätigte gigantische Spekulationen an der Börse, musste erstmals in seinem Leben Großkredite zur Deckung der Verluste aufnehmen und dann kam, just im dümmsten Moment, die Finanzkrise. Seine größte Gläubigerbank geriet aufgrund interner Vorkommnisse selbst in Schieflage und kündigte, kurz vor Schäubeles fünfundsechzigstem Geburtstag und nur ein paar Wochen vor Weihnachten, all seine Kredite. Das Firmenimperium des Karl-Theodor Schäubele, sein Lebenswerk, stand vor dem Abgrund.

*

Es war Sonntag. Karl-Theodor Schäubeles fünfundsechzigster Geburtstag. Um halb fünf Uhr morgens wurde Schäubele sanft, aber bestimmt von der Hand seiner Frau aus dem Schlaf geweckt. Sie war schon angezogen, den Wollschal hielt sie in der Hand, die warmen Winterstiefel an den Füßen, und sagte: »Komm, wir machen einen Spaziergang.«

Er setzte sich im Bett auf, schaute auf den Wecker und brummte missmutig: »Was soll das? Es ist fast noch mitten in der Nacht.«

»Heute hast du Geburtstag«, ihr Blick war kalt, die Stimme kühl, »heute hätte unser Sohn deinen Konzern übernommen.«

Sein Gehirn registrierte die Worte kaum, konnte das Gesagte noch nicht recht einordnen, also wollte er sich wieder wortlos hinlegen. Fast wäre ihm sogar ein Schimpfwort herausgerutscht, doch als sie weitersprach, war er auf einmal hellwach. »Ich sag dir, warum ich dir damals, vor achtzehn Jahren, das Alibi gab.«

Sie wartete an der Eingangstür, er hatte sich in wenigen Minuten angezogen, stand unrasiert vor ihr, fragend, doch keine Frage stellend.

Auf einmal hatte er Angst. Angst vor dem, was er nach all den Jahren des Schweigens, mit dem Susanne diese eine Nacht von damals ausgelöscht hatte, heute zu hören bekäme.

Susanne aber sagte nichts, machte die Tür auf und schritt langsam Richtung Waldweg. Sie gingen schweigend den Weg hinunter. Ihre Schritte waren auf dem feuchten Laub kaum zu hören. Susanne Schäubele war diesen Weg in den letzten achtzehn Jahren schon Hunderte Male gegangen. Immer, wenn ihr Mann außer Haus, auf Geschäftsreisen oder sonst wo war, war sie diesen Weg abgeschritten – manchmal schnell, fast laufend, an manchen Tagen ganz behutsam, Schritt für Schritt. Immer wieder hatte sie sich überlegt, was sie am heutigen Tag tun würde. Sie kannte jeden Zentimeter der etwa fünfhundert Meter bis zum Bahnübergang. Tausend Mal hatte sie diesen Augenblick in Gedanken durchgespielt, sich vorgestellt, was sie sagen und was er antworten würde, ob die Antworten einen Einfluss auf das noch zu Geschehende haben könnten oder ob das Schicksal unausweichlich sein würde – wenn es denn überhaupt so etwas wie Schicksal gäbe.

Es war noch sehr ruhig zu dieser frühen Morgenstunde, der Horizont kündigte gräulich schimmernd den neuen Tag an und die kalte Luft versprach einen herrlichen Wintertag im Schwarzwald. Es hatte zu schneien begonnen und der Schnee fiel lautlos, zunächst noch etwas zögerlich, auf den harten Waldboden. Das Wetter schien diesmal eine weiße Weihnacht zu versprechen.

Sie war abrupt stehen geblieben.

»Erinnerst du dich noch?«

Er brauchte nicht nachzufragen, worauf sie hinauswollte, und nickte zögernd.

Sie gingen langsam weiter, kein Laut brach die winterliche Stille, nur die leise knirschenden Schritte im Schnee und das Geräusch ihrer beider Atem war zu hören.

»Ich wachte auf, kurz nachdem du nach Hause kamst. Ein Krachen weckte mich, ein metallisches Geräusch war es – daran erinnere ich mich noch ganz genau. Zunächst wollte ich weiterschlafen, aber dann machte ich mir um den Jungen Sorgen. Ich wusste, dass er spät nach Hause kommen würde, aber es war schon fast zwei Uhr morgens und Matthias' Zimmer leer.«

Sie machte eine kurze Pause, die Erinnerung an das, was damals geschehen war, der Schmerz, den sie jahrelang im Innersten verschlossen gehalten hatte, alles kam wieder hoch, während sie sprach. Ihre Stimme klang wie aus weiter Ferne, als würde sie in Trance sprechen und verdammt sein, sich selbst zuhören zu müssen.

»Ich nahm deinen Wagen und fuhr die Strecke zur Diskothek ab«, sie atmete jetzt stoßweise und schwer, »dieselbe Strecke, die du gefahren bist in jener Nacht, die Landstraße vom Flughafen her kommend.« Es fiel ihr sichtlich schwer weiterzusprechen. Sie blieb stehen, denn sie waren am Bahndamm angekommen.

Schäubele erinnerte sich dunkel an das Geräusch, das er damals glaubte gehört zu haben, bevor er, von den Beruhigungstabletten betäubt, in einen todähnlichen Schlaf gefallen war. Sie war es gewesen, die mit seinem Porsche aus der Garage gefahren war!

Der fahle Schein des unbewachten Bahnübergangs tauchte beide in ein gespenstisches Licht.

Susanne Schäubele machte einen Schritt auf ihren Mann zu, ihre Gesichter waren nur wenige Zentimeter voneinander entfernt.

Ihr Gesicht berührte beinahe das seinige, als sie ohne Vorwarnung schrie: »ER LEBTE NOCH!«

Kein Detail ließ sie aus: Wie sie ihren Sohn gefunden hatte, wie sie versucht hatte, die inneren Blutungen des Jungen zu stillen, wie sie erkennen musste, dass sie ihn nicht mehr retten konnte, weil er schon zu viel Blut verloren hatte, wie ihr Junge nur noch einen einzigen letzten Satz sagen konnte:

»Der Papa war's.«

Was sie gefühlt hatte in jener Nacht am Straßenrand, ihr einziges Kind in den Armen haltend. Das Auto, das ihn getötet hatte, neben sich auf der Straße, und zu wissen, dass ihr eigener Mann der »Mörder« war. Dass es sie fast übermenschliche Überwindung gekostet hatte, den Jungen mit einer Plane zuzudecken und zurückzulassen. So zu tun, als wüsste sie von allem nichts, und am nächsten Morgen vor den Polizisten zu behaupten, er, Schäubele sei zur Tatzeit schon bei ihr zu Hause gewesen.

Schäubele verstand erst die Bedeutung der Worte nicht. Sein Gehirn benötigte mehrere Sekunden, um das Gesagte zu verdauen, es einzuordnen, es in einen vernünftigen und fassbaren Kontext zu bringen. Dann formte sich die Gewissheit, als lichte sich Nebel im Morgengrauen, und alles wurde auf einmal klar und deutlich: Sie hatte es die ganze Zeit über gewusst und all die Jahre kein Sterbenswort darüber verloren!

Seine Knie fühlten sich an wie Gummi, er machte einen kurzen Schritt zurück, um nicht das Gleichgewicht zu verlieren, wollte etwas sagen, aber kein Laut kam über seine Lippen. Sein Gaumen fühlte sich trocken an, die kalte Luft schien zu brennen in seinen Lungen, er schnappte nach Luft, glaubte einen Moment zu ersticken.

Plötzlich packte sie ihn mit beiden Händen an den Schultern, ihre Worte schienen in der Luft zu Eis zu kristallisieren.

»Warum bist du einfach weggefahren?«

Ein unverständliches Krächzen war alles, was Schäubele von sich geben konnte. Seine Lippen bebten wie im Fieber, die Hände zitterten, er schien förmlich in sich zusammenzusacken. Immer wieder versuchte er, es auszusprechen, sich zu erklären, doch die Worte wollten nicht aus seinem Mund hinaus. Ein markerschütternder, langer Schrei entwich seinem weit aufgerissenen Mund, wie das Heulen eines in die Enge getriebenen, verwundeten Tieres.

Dann sackte er ganz langsam, wie in Zeitlupe, zu Boden auf die Knie. Und wie sein Kopf nach unten hing, die Arme schlaff baumelten und sein Speichel in den Schnee tropfte, erinnerte die Szene – für einen kurzen Moment und aus der Ferne betrachtet – an einen Ausschnitt aus Michelangelos »Jüngstem Gericht«, ganz so, als wäre der alte Meister auferstanden, um diese eine Szene aus seinem Gemälde in der Sixtinischen Kapelle in die Neuzeit zu verlegen und damit am Bahndamm eines kleinen Dorfes im Schwarzwald die Frage nach Schuld und Sühne neu zu stellen.

Sein Schrei war längst verhallt, nun wimmerte er wie ein kleines Kind.

Sie stand einfach da, ohne ihn anzufassen oder etwas zu sagen, und wartete, bis er sich beruhigt hatte.

Irgendwie gelang es Schäubele, wieder aufzustehen, er schaute seine Frau an. Sein Atem ging stoßweise und kondensierte in kleinen, hellen Wolken in der kalten Morgenluft.

Der Zug kündigte sich zunächst mit einem fernen Summen an. Susanne Schäubele, ihren Mann um einen halben Kopf überragend, hatte diese einfache Frage leise, aber bestimmt gestellt. Doch Karl-Theodor Schäubele, fünfundsechzig Jahre alt, Milliardär, Vorzeigeunternehmer und Patriarch eines der größten Firmenkonglomerate Deutschlands, wusste immer noch keine Antwort – er hätte vor achtzehn Jahren genauso wenig eine Antwort auf diese eine Frage seiner Frau geben können wie auch an diesem frühen Morgen an den Gleisen des Bahnüberganges hinter dem kleinen Wald.

Schäubeles Atmung hatte sich beruhigt, das Geräusch des nahenden Schnellzuges klang jetzt nicht mehr wie ein Summen, sondern wie das dumpfe Grollen eines herannahenden Gewitters.

»Warum erst jetzt, Susanne?«

»Matthias war mein Kind, Karl-Theodor!«

Er wusste, was dies bedeutete – sie würde es ihm, seine Todsünde, nie verzeihen.

Schäubele drehte sich langsam um, machte drei entschlossene Schritte vorwärts und legte sich auf die Bahngleise.

Schwarze Rache

Baroness Elizabeth Chesforworth of Borowshire musterte ihr Gegenüber mit derselben Mischung aus Neugier und Abscheu, mit der sie ein riesiges Insekt durch die sichere Barriere einer Glasscheibe bestaunen würde.

Wie ein Insekt sah Jonny (wohl kaum sein richtiger Name, wie die Dame des Hauses korrekterweise annahm) nicht aus. Eher wie eine Ratte. Ein länglicher Kopf, etwas zu schmal zulaufende, dünne Lippen, eine spitze Nase und weit auseinanderstehende Knopfaugen, die unentwegt den Raum wie das Radar eines Flughafentowers abtasteten. Das herausragendste Merkmal in Jonnys Gesicht waren jedoch seine Zähne: allesamt goldgelb und dazu zwei Schneidezähne, Baggerschaufeln nicht unähnlich, die lang, breit und unübersehbar hinter seiner Oberlippe hervorlugten und sogar ein gutes Stück über die Unterlippe ragten.

Jonny versuchte, die Frage von Baroness Elizabeth zu beantworten: »Gartenarbeit? Mhmm ... ähmm ... ja, klar, kann ich.«

Sein umherstreifender Blick schien jeden Gegenstand in diesem Raum umgehend nach dessen potenziellem Hehlerwert zu taxieren: den Mahagoni-Schreibtisch, den Perserteppich auf dem eleganten Parkettboden, die Gemälde an den Wänden mit Szenen der Jagd, die Biedermeier-Sitzgruppe mit dem niedrigen Eichenholztischchen und mehrere Vitrinen. Die kleineren enthielten Holzmasken, Statuetten, Kurzspeere, Bumerangs und viele andere, meist afrikanische oder australische Objekte. In den höheren Vitrinen waren antike Schusswaffen, Schwerter und Degen ausgestellt, ebenso wie diverse Messer und weitere Stichwaffen, wie sie Jonny noch nie gesehen hatte. Aber sein Gaunerinstinkt hatte ihm längst signalisiert, dass alles in diesem Raum echt und wertvoll sein musste. Selbst der mächtige kristallene Kronleuchter an der Decke musste ›ein Bein und Arm wert sein‹, schoss es Jonny durch den Kopf, während sein Blick erst die rötlich flackernden Flammen im Kamin streifte und dann einen Augenblick an der Vitrine, die mitten im Raum stand, hängen blieb. Jonny war sichtlich irritiert, denn es war für ihn schwer verständlich, was eine Glasvitrine, die zudem die Ausmaße eines kleinen Sarges hatte, wert sein könne, wenn sich darin bloß Sand und Steine befanden. Dass es sich dabei um ein Terrarium handelte, kam Jonny nicht in den Sinn.

Das Faszinierendste in diesem imposanten Raum, das jedem, der diesen das erste Mal betrat, vor Staunen den Mund offen stehen ließ, waren die präparierten Tierköpfe an den Wänden. Nicht etwa

Hirsch und Reh, nein, an diesen Wänden hingen die stolzen Jäger und Gejagten Afrikas: Löwe, Leopard, Gepard, Pavian, Zebra, Gnu und noch ein paar weitere, die Jonny nicht identifizieren konnte. Selbst ein Paar Stoßzähne eines einst mächtigen Elefanten hingen, mittels mehreren Stahlklammern befestigt, an der Wand.

Jonny vernahm Baroness Elizabeths ungeduldiges Hüsteln, was ihn bewog, hastig »Gartenarbeit … sicher … kann ich machen« zu stottern.

Noch nie war ihm eine Dame wie sie begegnet. Vor knapp fünfzehn Minuten hatte sie ihm persönlich die Eingangstür geöffnet und sich ihm als »Mylady« vorgestellt. Schnurstracks hatte sie ihren Gast in das »Arbeitszimmer ihres Mannes« gebracht – wie sie es nannte. Aber dieses »Arbeitszimmer« war eigentlich ein veritabler Saal – so riesig war der Raum, in dem sie jetzt saßen.

Baroness Elizabeth stammte aus einer urenglischen Familie mit einem Stammbaum, der sich bis ins 11. Jahrhundert zurückverfolgen ließ. Ihr Alter war nicht zu schätzen, schon gar nicht für einen wie Jonny, der sein halbes Leben in Waisenhäusern und die andere Hälfte im Knast verbracht hatte.

Sie sah so kühl, so blond, so vornehm blass aus, dass es den Anschein machte, sie habe einen Teil ihres Blutes mit Absicht abgelassen. Zudem war sie offenbar ein Meisterwerk der Gefasstheit; nichts konnte sie durcheinanderbringen oder in

Aufregung versetzen. Und obwohl sie nicht im klassischen Sinne schön war, umgab sie die magnetische Anziehungskraft der Schönheit. Wenn sie einen Raum betrat, verstummten alle Gespräche, um einer Stille Platz zu machen. Einer Stille, die so mächtig war, dass die Moleküle um sie herum einfroren, um sich danach neu zu ordnen. Ihre Augen waren von einem blassen Blau und lagen eng beisammen, ihre Ohren waren klein und saßen flach am Kopf. Ihr Oberkörper zog sich lang gestreckt und schmal über der Taille hinauf wie bei einem eleganten Schneeleoparden. Sie schien direkt einem alten Meister aus dem Bilderrahmen getropft zu sein, denn sie strahlte die strenge Kühle einer Madame Cézanne, gemischt mit der magischen Anziehungskraft der unzähligen Mädchenporträts eines Pierre-Auguste Renoir aus.

Zudem glitt sie mit der unaufhaltsamen Eleganz einer mit Raketen bestückten Fregatte durch ihr Dasein – jederzeit bereit, alles, was sich ihren Zielen und Wünschen in den Weg stellte, zu versenken.

Alles war perfekt im Leben von Baroness Elizabeth Chesforworth of Borowshire – wäre da nur nicht dieses eine Problem gewesen.

»Sie sind also vertraut mit der Pflege alter Buxussempervirens-Hecken?«, fragte sie noch einmal höflich nach.

»Ähm … ja sicher …« Jonny hatte keine Ahnung, was ein Buxus-Dings war.

»Und auch das händische Schneiden der Taxus baccata sowie der jährliche Beschnitt des Quercuses und die fachmännische Handhabung der Pruni avium dürften demzufolge kein Problem für Sie darstellen?«

»Ja, ja … alles kein Problem, Mylady.« Jonny war verwirrt.

»Sehr schön. Und welche Pflegemethode bevorzugen Sie bei der Phalaenopsis hieroglyphica?«, hauchte Mylady.

Jonnys Rücken krümmte sich, seine Augen verengten sich zu Schlitzen, er hatte nichts von dem verstanden, was diese Frau ihn gefragt hatte. Ein eigenartiger Zischlaut war alles, was er über seine Lippen brachte. Seine Muskeln spannten sich – es war wohl besser, sich aus dem Staub zu machen. Die schneidende Stimme, der herrische Befehlston und der autoritär-aristokratische Blick erinnerten ihn an die Wärter im Knast, an die Zuchtmeister, die er in den Jugendheimen hatte ertragen müssen, und an deren Prügel.

»Wo ist der Tresor?«

Die Frage traf Jonny wie ein Eispickel in den Nacken. In einer reflexhaften Bewegung deutete sein Finger auf die unscheinbare Kommode, die zwischen dem riesigen Terrarium und der mit afrikanischen Skulpturen gefüllten Vitrine stand.

Baroness Elizabeths Lippen verzogen sich für den Hauch einer Sekunde zu einem schmalen Lächeln.

Sie hatte endlich die Lösung für ihr Problem gefunden.

*

Sechs Wochen später war es so weit. Ein kalter Wind ging an diesem Dezemberabend. Jonny hatte sich im weitläufigen Park hinter einer Hecke versteckt und auf das vereinbarte Lichtsignal gewartet. Sie hatten ausgemacht, dass Baroness Elizabeth das Licht in ihrem Schlafzimmer zweimal kurz an- und ausschalten würde, sobald der »Herr des Hauses« eingeschlafen wäre.

Kaum blitzte das Licht auf, machte sich Jonny auf den Weg, um durch das Kellerfenster einzusteigen. Seine Auftraggeberin hatte es offen gelassen. Auf dem Rückweg würde er das Fenster aufstemmen, damit alles nach einem Einbruch aussah.

Nachdem Jonny sich durch sein Verhalten als Ganove und Einbrecher (und nicht als Gärtner) entlarvt hatte, schlug ihm Baroness Elizabeth einen »Deal« vor.

»Mylord wird kurz vor Weihnachten von einer seiner Afrikareisen zurückkommen. Wie ich ihn kenne, wird er umgehend in sein Arbeitszimmer gehen und einen Bourbon oder auch zwei zu sich nehmen, um danach die halbe Nacht seine Jagdeindrücke niederzuschreiben.«

Schnell hatte sie Jonny über das wahre Wesen ihres Mannes aufgeklärt: »Er ist ein kleiner, runder,

44

fetter Amerikaner, der das Glück hatte, von seinem Vater unzählige Ölquellen zu erben, diese für unermesslich viel Geld zu verkaufen, und dessen einziges Hobby es ist, irgendwelche Biester in Afrika zu schießen und die Trophäen an die Wand zu hängen.«

Warum sie ihn geheiratet hatte, erzählte sie Jonny gleich mit. Sie habe diesen »Nichtsnutz von Möchtegern-adeligen-Großwildjäger« nur deshalb geheiratet, um das geliebte Anwesen ihrer Familie und die zugehörigen Ländereien nicht an irgendeinen »neureichen Vollidioten« verkaufen zu müssen. »Das hätte meinem Vater selig das Herz gebrochen«, beendete sie ihre nicht ganz wahrheitsgetreue Erklärung. Denn es war die Spielsucht seiner Lordschaft Charles Chesforworth of Borowshire III. gewesen, die seine Frau in den Selbstmord und seine einzige Tochter in den finanziellen Ruin getrieben hatte. Seine letzten Worte auf dem Sterbebett hatte Baroness Elizabeth immer noch deutlich im Ohr: »Verzage nicht, meine Tochter. Die Vorsehung wird es richten!«

Doch all dies brauchte dieser grässliche Jonny nicht zu wissen, schließlich war er nur ein Werkzeug zur Lösung ihres Problems – nämlich des vorzeitigen Ablebens ihres Ehegatten.

*

Bis jetzt verlief alles genau nach Plan.

Jonny erreichte über die Treppe die Eingangshalle. Er war ganz in Schwarz gekleidet und hatte sich, wie bei seinen Einbrüchen zuvor, eine Wollmütze tief über die Stirn gezogen. Leise schlich er die geschwungene Treppe hoch in den ersten Stock und dann auf Zehenspitzen den Korridor entlang bis zur Tür des Arbeitszimmers des Hausherrn.

Sachte öffnete er die Tür einen Spaltbreit. Wie von Baroness Elizabeth angekündigt, saß ihr Ehemann am Schreibtisch. Sein Kopf lag auf der Schreibtischplatte aus edlem Mahagoniholz und sein Schnarchen erfüllte den Raum wie das monotone Brummen eines Schiffsdiesels. Offensichtlich hatte die Lady Wort gehalten und dem Kerl ein starkes Schlafmittel in den Bourbon gemixt. Jonny nahm wie vereinbart einen der schweren Kerzenständer vom Kaminsims, stellte sich hinter den Schlafenden, hob den Ständer zum Schlag und … verharrte.

›Jemanden zu ermorden ist eine Sünde, eine Todsünde sogar. Und dazu noch kurz vor Weihnachten! Das macht es bestimmt doppelt so schlimm. Außerdem ist der Mann wehrlos, er schläft. Also dreimal so schlimm‹, schoss es Jonny durch den Kopf, und er bekam Skrupel. Mord war etwas ganz anderes als Einbruch. Das hatte er vorher so nicht bedacht.

Doch dann fiel ihm die vereinbarte Bezahlung wieder ein. Im Tresor befand sich eine halbe Million Pfund – seine Belohnung, die ihm die Baroness versprochen hatte. Er würde sich nie wieder Sorgen machen müssen. Noch heute Nacht würde er England für immer verlassen. Sonne, Sand, Meer und schöne Frauen, das erwartete ihn für den Rest seines Lebens.

Plötzlich schreckte der eben noch Schnarchende hoch, hob seinen Kopf und brummte: »Was zum Teufel …«

Es klang wie das Knacken eines dicken, trockenen Astes, als der Kerzenständer den Schädel des Hausherrn zerschmetterte.

*

Baroness Elizabeth bewahrte Haltung, als sie den Mann vor ihr und den in Plastik eingeschweißten Ausweis anstarrte, den er ihr hinhielt. Es kostete sie ihre ganze angeborene und über die Jahre perfektionierte Contenance, ihre Abscheu und ihr Erstaunen einigermaßen zu verbergen, als sie mit spitzen Fingern den Ausweis in die Hände nahm und immer noch ungläubig draufstarrte.

Der Mann, der ihr den Ausweis auf ihr Verlangen überreicht hatte, war fast zwei Meter groß, breit wie ein Schrank und deutlich erkennbar äußerst muskulös.

»George N'Beke-McAllister.«

Er hatte seinen Namen mit einem so tiefen Timbre genannt, dass jeder Bariton-Opernsänger vor

Neid erblasst wäre. Und zudem war der Mann – schwarz! ›Ein schwarzer Hüne steht mitten im Arbeitszimmer meines Gatten, und dieser Mann ist kein Hausangestellter‹, dachte die Baroness schaudernd. So etwas hätte sie als Angehörige des englischen Hochadels bis vor ein paar Minuten für unmöglich gehalten.

»Sie sind Inspektor bei Scotland Yard?« Ihre Stimme war kalt wie ein Eisberg.

»Oberinspektor, Madam«, antwortete George N'Beke-McAllister höflich, ihren herablassenden Tonfall ignorierend. »Mein Vater war schottischer Offizier, meine Mutter Afrikanerin. Aufgewachsen bin ich in England und studiert habe ich in London«, fügte er mit einem breiten Lächeln an.

Dass seine Eltern bei einem Anschlag getötet wurden, als er noch ein Kind war, und er deswegen seine Jugend bei seiner Großmutter mitten im afrikanischen Nirgendwo verbringen musste, verschwieg er genauso wie die Tatsache, dass ein englischer Priester ihn nach dem Tod seiner Großmutter in die lokale Mission mitnahm. Dort fand man heraus, dass er gemäß Geburtsurkunde technisch gesehen britischer Staatsbürger war. Und noch größeres Glück hatte er, bei einer fürsorglichen Arbeiterfamilie in London wie ein eigener Sohn großgezogen worden zu sein und später, aufgrund seiner exzellenten schulischen Leistungen, ein Stipendium zu bekommen und Kriminalistik studieren zu können.

Ruhig steckte er seinen Ausweis wieder ein.

Baroness Elizabeths Blick war so frostig wie der einsetzende Schneeregen draußen.

»Oberinspektor? Herzlichen Glückwunsch«, sagte sie und dachte schaudernd: ›So etwas hätte es früher nicht gegeben.‹

»Entschuldigen Sie mich einen Moment, Mylady«, entgegnete N'Beke. Dann ging er zu den Kollegen von der Spurensicherung, die ihre Arbeit fast abgeschlossen hatten, und wechselte einige leise Worte mit ihnen. Schließlich ging er zum Schreibtisch, neben dem die eine Leiche lag, hob das weiße Laken an, unter dem sich der Herr des Hauses mit zertrümmertem Schädel befand, dann weiter zum Tresor, dessen Tür weit offen stand und die Sicht auf unzählige Geldbündel preisgab. Vor dem Tresor lagen weitere Geldscheine verstreut auf dem Boden.

George N'Beke wandte sich an einen der Beamten.

»Kann ich?«

»Ja, Sir. Wir haben schon alles fotografiert und gesichert.«

Daraufhin nahm der Chefinspektor ein paar Geldbündel aus dem Tresor, roch kurz daran und legte sie wieder an ihren Platz zurück.

»Wozu soll denn das gut sein?«, drang Baroness Elizabeths höhnische Stimme durch den Raum. »Können Sie den Tathergang denn erschnüffeln, Inspektor?«

Erneut tat N'Beke so, als habe er den rassistischen Unterton überhört, stand auf, trat vor den Kamin, ging in die Knie, hob das Laken an, unter dem Jonny lag, und schaute in dessen grotesk verzerrtes Gesicht. Es war dunkelrot, ja fast purpurfarben, auf den Wangen waren zwei große, schwarze Flecken zu sehen, die wie gigantische Mückenstiche aussahen.

N'Beke hatte so etwas schon einmal gesehen, damals in Afrika. Ein Mann aus dem Dorf seiner Großmutter mit denselben schwarzen Malen im Gesicht und dieser verzerrten Fratze, die auf einen schrecklichen Todeskampf hindeutete. Er deckte Jonny wieder zu, stand auf und drehte sich zum großen Terrarium um. Vor der zerschlagenen Glasscheibe lag eine Schlange. Genauer gesagt, was von ihr übrig geblieben war. Er beendete seinen Rundgang bei Baroness Elizabeth und der Schrotflinte, die die Spurensicherung in eine längliche Plastiktasche gepackt und auf eine Kommode neben der Tür gelegt hatten.

»Was ist geschehen, Mylady?«

Die Baroness wusste, dass es nun darauf ankam, glaubwürdig zu sein. Ihr Plan war absolut perfekt. Sie musste jetzt nur ganz ruhig bleiben, dann würde ihr nichts geschehen.

Sie wiederholte die einstudierte Version: Sie habe oben in ihrem Trakt geschlafen. Und nein, sie habe ihren Mann nicht kommen hören, er sei sehr spät von seiner Afrikareise zurückgekehrt. Nein, sie

wisse nicht, wie der Einbrecher ins Haus gelangt
sei. Das Klirren von Glas habe sie geweckt. Nein,
es seien keine Hausangestellten da gewesen. Kurz
vor Weihnachten eben. Ja, gewiss, die Schrotflinte habe sie immer bei sich im Zimmer, wenn ihr
Mann auf Reisen sei. Man könne ja nie wissen. Bei
dem Gesindel heutzutage sei man ja nicht mehr sicher und …

»Guter Schuss, Mylady!«, fiel ihr N'Beke scharf
ins Wort und deutete auf die tote Schlange.

»Fasanen- und Entenjagd«, erwiderte sie kühl. Sie
sei, wie schon gesagt, mit der geladenen Schrotflinte in das Arbeitszimmer ihres Mannes gekommen,
fuhr sie fort. Ihr Mann und auch der Einbrecher
hätten schon am Boden gelegen, so wie jetzt. Es
müsse einen Kampf gegeben haben, bei dem das
Terrarium wohl zu Bruch gegangen sei. Der Einbrecher habe sich dann wohl am Tresor zu schaffen
gemacht. Die Schlange musste derweil entwichen
sein und ihn gebissen haben – jedenfalls nähme sie
dies an, fügte sie sicherheitshalber hinzu. Sie selbst
habe beim Betreten des Raumes zuerst die Schlange gesehen und sofort geschossen. Danach erst sei
ihr klar geworden, dass hier ein Einbruch und ein
Mord stattgefunden hatten.

Dass sie selbst es gewesen war, die das Terrarium
nachträglich mit dem Kerzenständer zerschlagen
hatte, um den Eindruck zu erwecken, es sei bei dem
vermeintlichen Kampf zwischen ihrem Mann und

Jonny zu Bruch gegangen, erwähnte sie selbstverständlich nicht.

»Was für ein Zufall«, sinnierte N'Beke. »Glauben Sie an Zufälle, Mylady?«

»Nein. Nicht an Zufälle ... aber an die Vorsehung.« Ihr Blick hätte herablassender nicht sein können. »Mein Vater selig sagte immer, dass die Vorsehung es auch so eingerichtet habe, dass die einen herrschen und die anderen dienen.«

N'Beke hockte sich vor die tote Schlange und hob den Kopf derselben mit einem Kugelschreiber an. Sein Blick ruhte fragend auf Baroness Elizabeth.

»Ah ja? Die Vorsehung also ...« Er wusste ganz genau, was die Baroness, diese typische Vertreterin einer weißen Herrenrasse, damit meinte, er wusste es aus eigener Erfahrung nur allzu gut, was es bedeutet, schwarz zu sein, er kannte die abfälligen Bemerkungen aus seiner Jugend, die tuschelnden Worte hinter seinem Rücken damals in der Polizeischule und auch die abwertenden, manchmal gar ängstlichen Blicke, wenn er in einen Einkaufladen ging oder abends nach Hause spazierte, ganz so, als ob jeder Schwarze per se ein Verbrecher sei. Doch er ließ sich nichts anmerken von seinen Gedanken. Unvermittelt deutete er auf den Kopf der Schlange.

»Wissen Sie, was das für eine Schlangenart ist, Mylady?«

»Eine giftige, nehme ich mal an«, gab sie sarkastisch zurück.

»Dies ist eine Dendroaspis polylepis, gemeinhin bekannt als Schwarze Mamba. Sie kann über vier Meter lang werden. Die Schwarze Mamba ist nicht nur die längste Schlange Afrikas, sondern auch die giftigste. Ihr Gift ist ein Neurotoxin, ein Nervengift. Es ist eine Mischung mehrerer Peptide unterschiedlicher Länge. Neben der neurotoxischen Wirkung kommen auch Kardio und Zytotoxine vor. Das Gift der Schwarzen Mamba enthält Dendrotoxine. Deshalb auch der lateinische Name der Schlange: Dendroaspis. Dieses Toxin blockiert die Kaliumkanäle in den Zellmembranen des Opfers, was eine Störung der elektrischen Reizausbreitung im Herzen zur Folge hat. Dadurch entsteht eine Herzrhythmusstörung. Mit einem Biss kann die Mamba bis zu 400 Milligramm Gift in die Wunde injizieren. Bereits eine Menge von 15 bis 20 Milligramm wirkt bei einem erwachsenen Menschen tödlich und führt innerhalb von 20 Minuten zum Tod durch Atemstillstand.«

Er unterbrach seinen Vortrag und fixierte die Baroness, die ohne die geringste Regung seinem Blick standhielt.

»Zudem ist die Schwarze Mamba eine der aggressivsten Schlangen überhaupt. Und sie ist extrem schnell. Die Geschwindigkeit, mit der sie sich fortbewegt, liegt bei bis zu 20 Kilometern pro Stunde, wodurch diese Art zu den schnellsten Schlangen weltweit gehört.«

Baroness Elizabeth blieb unbeeindruckt.

»Ach ja? Sie scheinen sich ja auf dem Schwarzen Kontinent bestens auszukennen, Inspektor.«

N'Beke steckte den Kopf der Mamba in eine kleine Plastiktüte.

Seine Großmutter hatte ihm erzählt, dass eine Schwarze Mamba neun Menschen hintereinander getötet hatte. Und ein Jäger aus dem Dorf hatte einmal mit eigenen Augen gesehen, wie eine solche Schlange einen ausgewachsenen Elefanten angegriffen und gebissen hatte. Nach kaum drei Stunden war der Elefant qualvoll verendet.

Der Oberinspektor deutete auf den offenen Tresor.

»Wie konnte der Einbrecher die Kombination wissen, Mylady?«

Sie schaute ihn gespielt verdutzt an: »Wie soll ich denn das wissen? Ich habe mich praktisch nie im Arbeitszimmer meines Mannes aufgehalten.«

N'Beke ging wieder zum Tresor und schaute sich das Schloss und die Tür genau an.

»Keine Gewalteinwirkung. Der Tresor wurde nicht aufgebrochen.«

Baroness Elizabeth hatte nur darauf gewartet, diesen Satz zu hören, denn jetzt kam der geniale Teil ihres Planes. Ihre Stimme klang beiläufig, so wie sie es geübt hatte.

»Ich kann es mir auch nicht erklären. Schließlich sind Sie der Kriminalist und nicht ich, aber ...«, ein gekonntes Zögern, dann ein kurzes Hüsteln, »na ja, mein Mann war sehr vergesslich. Er notierte sich alles Mögliche auf Zettel. Könnte ja sein, dass ...«

N'Beke erhob sich, begab sich zu Jonnys Leiche und zog das Laken so weit herunter, dass der Oberkörper freilag. Er griff in die Innentasche der schwarzen Windjacke und zog ein gefaltetes Papier daraus hervor. Die Baroness wusste, was auf dem Zettel in Schreibmaschinenschrift stand: die Kombination des Tresors. Sie selbst hatte die Zahlen vor ein paar Tagen mit der Schreibmaschine ihres Gatten getippt. Und sie selbst hatte Jonny den Zettel gegeben. Die alte Kombination hatte sie sicherheitshalber vor der Rückkehr ihres Gatten geändert – es hätte ja sein können, dass ihr Mann den Tresor frühzeitig geöffnet hätte. Dann wäre alles für die Katz gewesen, denn schließlich sollte die Schwarze Mamba, die sie in den Tresor gesperrt hatte, Jonny erledigen und nicht ihren Mann. Der schwierigste Teil des Plans war, dieses Biest aus dem Terrarium zu nehmen und in den Tresor zu schaffen. Doch auch dies hatte Baroness Elizabeth mit Umsicht gelöst – in dem Spezialgeschäft für Reptilien in der Londoner City hatte man ihr erklärt, wie man eine Schlange betäubt. Keiner der Angestellten würde sich an sie erinnern oder sie identifizieren können. Sie hatte sich bei dem Besuch gut verkleidet.

N'Beke schaute kurz auf den Wisch, dann ging er zur Leiche des Lords, um auch dessen Jackett zu durchsuchen. Den Fund ließ er rasch und von der

Baroness unbemerkt in seiner Jacke verschwinden. Schließlich hockte er sich vor den Kamin, tastete mit den Fingern kurz über dessen Absatz und roch erneut an seinen Fingern.

»Ist das alles, Inspektor?« Baroness Elizabeth wurde nun doch ungeduldig. Es war doch alles klar, was hatte dieser Mensch nur immer wieder zu schnüffeln und zu riechen?

N'Beke waren zwei Dinge völlig klar: Die feine Dame hatte gelogen. Hier war ein äußerst raffinierter Mord geschehen. Sie hatte alles ganz genau geplant. Und: Es war das perfekte Verbrechen. Er würde ihr nichts nachweisen können. So schwer es ihm auch fiel, er musste sich dies eingestehen. Und diese kalte, adelige, rassistische Frau hatte sich noch nicht mal selbst die Finger schmutzig gemacht.

»Ja, Mylady, das wäre dann alles.« Er deutete eine leichte Verbeugung an, sein Tonfall war so neutral und höflich wie zu Beginn des Verhörs. »Falls wir noch Fragen haben, werden wir Sie kontaktieren.«

*

N'Beke trat in den dunklen Park. Leichter Schneefall hatte eingesetzt. Er wusste, dass er dieser Frau absolut nichts nachweisen konnte. Sie hatte die perfekten Mordwerkzeuge benutzt: einen geldgierigen Gauner und – eine Schwarze Mamba, und zwar ein Männchen.

Seine Großmutter hatte ihm beigebracht, die Spuren der Schwarzen Mamba zu lesen: wie es roch, wenn sich diese extrem gefährliche Schlange eine Weile unter einem Stein oder in einem alten Baumstrunk versteckt hielt. Und genau diesen Geruch hatte N'Beke im Tresor wahrgenommen!

Wie hatte seine Großmutter gesagt? »Schwarze Mambas können einen Menschen, der mehrere Kilometer entfernt ist, riechen und fühlen«, dann hatte sie eine Pause gemacht und noch etwas angefügt, an das er sich in diesem Augenblick sehr gut erinnerte: »Die Legende besagt, dass Mamba-Weibchen extrem nachtragend und rachsüchtig seien.«

Ihm waren, im Gegensatz zu seinen Kollegen von der Spurensicherung, die winzigen Kotspuren und der Geruch auf dem Kaminabsatz nicht entgangen.

›Was hatte diese grauenhafte rassistische Baroness Elizabeth über die Vorsehung gesagt? Die Schwarzen sind die Diener und die Weißen die Herren?‹

Er lächelte. ›

Wir werden die Vorsehung diesmal nicht brauchen. Ihr ›Gast‹ wird sich bald um Sie kümmern, Mylady.‹

Er war sich ziemlich sicher, dass schon sehr bald ein neuer Todesfall aus dem Schloss gemeldet werden würde. Denn der Oberinspektor wusste mit absoluter Gewissheit: *Sie* würde die einzige menschliche Wärmequelle im Schloss innerhalb von wenigen Stunden finden.

Hätte Baroness Elizabeth Chesforworth of Borowshire doch besser noch einmal die Taschen ihres toten Gatten durchsucht, bevor sie die Scheibe des Terrariums zertrümmerte. Denn was sie nicht wusste, stand auf dem Zettel, den der Oberinspektor bei ihrem Ehemann gefunden hatte.

Im fahlen Licht der Wageninnenbeleuchtung las George N'Beke-McAllister nochmals die Worte auf dem Papier, geschrieben mit der sauberen Handschrift des Ermordeten:

Nicht vergessen! Morgen das neue Mamba-Weibchen füttern!

Dann zerknüllte er den Zettel, steckte ihn seine Tasche, startete den Motor seines Wagens und fuhr los.

Die Erbin

Hildegard Krafft war keine Schönheit im klassischen Sinn. Zu groß, ein wenig zu dünn, die Brüste zu flach und der Kopf etwas zu lang – manch einer würde sich beim Anblick dieses Gesichts an ein Pferd erinnert fühlen. Dennoch besaß sie eine erstaunlich erotische Ausstrahlung, die sie jedoch, mit Absicht oder nicht, gut zu tarnen wusste. Das lange, volle, rötlichblonde Haar glänzte im Sonnenlicht so golden wie die Südsee im Sonnenuntergang. Die Tatsache, dass sie ihr Haar meist zu einem Dutt hochgesteckt trug, verlieh ihr jedoch das Aussehen einer strengen Anstaltsleiterin für schwer erziehbare Jugendliche. Dazu trug sie teure, betont konservative Kleidung. Im Sommer lange Röcke und im Winter Hosenanzüge. Darunter verbargen sich perfekt geformte, unendlich lange Beine, die in einen Po mündeten, so fest, satt und rund, um den sie jeder Teenager beneidet hätte. Freilich wusste kaum jemand um diese körperlichen Qualitäten.

Wozu auch?

Denn bis zu ihrem vierzigsten Lebensjahr, das Hildegard Krafft gerade erreicht hatte, war ihr Aussehen für sie nicht besonders wichtig gewesen. Sie

hatte relativ jung geheiratet und zwei Kinder ge-
zeugt. Ihren Ehegatten liebte sie nicht. »Aber wen
interessiert das schon, es gibt ja weitaus Wichtigeres
in dieser Welt«, lautete ihr Credo. Er war Ornitho-
loge. Seine ganze Leidenschaft und die Hälfte des
Jahres galten der Erforschung von Vögeln. Auf allen Kontinenten war er unterwegs, um Lebenswei-
sen zu beobachten und Flugstrecken zu vermessen.
Den Rest des Jahres verkroch er sich in Büchern,
um die Forschungsberichte anderer Ornithologen
zu studieren. Zweimal war es ihm in den letzten
zwanzig Jahren gelungen, neue Untergattungen einer Vogelspezies zu entdecken. Eine davon war sogar nach ihm benannt worden, wovon er ständig
erzählte. Sex war Nebensache und hatte lediglich
dazu gedient, für Nachkommen zu sorgen. Das
war ja erledigt, also gab es keinen Grund mehr für
»solch unnötige Beschäftigungen«. Hildegard hatte ihren Mann aus all diesen Gründen ausgewählt,
als sie sich an der Universität kennengelernt hatten.
Denn so konnte sie sich ausgiebig ums Geschäft
kümmern.

Bis vor wenigen Wochen jedenfalls.

Sie hatte an einem eher langweiligen, aber wichtigen Kongress eine Rede gehalten. Nach dem of-
fiziellen Teil war sie in die Hotelbar gegangen, um
kurz bei einem Espresso und Wasser abzuschalten.
Alkohol oder sonstige Genussmittel waren ihr zuwi-
der. Ihr Vater hatte ihr immer eingebläut, dass nur

schwache Menschen Drogen bräuchten. Wie so oft musste sie ihm zustimmen. Vielleicht war es ihre innere Stärke, die andere Menschen als Kälte oder übermäßige Härte empfanden. Jedenfalls veranlasste dieser Fakt ihren Vater kurz vor seinem Tod, die Firma seiner ältesten Tochter zu überschreiben und seine beiden anderen Kinder mit ihren Pflichtanteilen, aber ohne jegliche Stimm- und Aktienrechte am Unternehmen abzuspeisen.

»Buona sera, Signora. Eine so schöne Frau wie Sie sollte den Abend nicht alleine verbringen.«

Hildegard dachte erst, sie habe sich verhört. Oder dass der Mann gar nicht sie angesprochen hatte. Sie schaute sich kurz um. Niemand zu sehen. Die Hotelbar war leer bis auf diesen Kerl, der mit seinem strichartigen Schnauzer, dem dunklen Teint, den fast schwarzen Augen und den blitzenden weißen Zähnen aussah wie die südländische Ausgabe von Clark Gable. Doch bevor sie ihm eine kühle Absage erteilen konnte, hatte er ihre Hand genommen und einen so sanften Kuss darauf gehaucht, dass es ihr buchstäblich die Sprache verschlug. War das eben ein wohliger Schauer auf ihrem Rücken gewesen?

»Verzeihen Sie mir meine Frechheit, aber ich muss es einfach sagen: Sie sind die bezauberndste Frau, die ich je gesehen habe.« Schwarze Augen voller Feuer tauchten tief in sie ein. »Darf ich mich vorstellen: Giorgio. Giorgio di Castelnuovo.«

Hildegard Krafft erlebte die Nacht ihres Lebens mit Giorgio. Sie hatte eine Sinnlichkeit genossen, die sie noch vor Kurzem als »dummes Zeug« abgetan hätte. Und sie hatte den ersten Orgasmus in ihrem Leben gehabt, nein, mehrere sogar, wenn man es genau nimmt. Ein Feuer war in ihr entzündet, nach all den Jahren – entfacht von einem völlig Fremden.

Die nächsten Wochen trafen sie sich fast jeden Tag an wechselnden Orten. Meist in der Nähe von München, wo Hildegard lebte und sich der Hauptsitz der Firma befand. Giorgio war der perfekte Liebhaber. Er gab ihr das Gefühl, sie sei die einzige Frau auf der ganzen Welt – und das Zentrum seines Daseins. Zudem war er ein Gentleman alter Schule. Jederzeit bereit, ihr den kleinsten Wunsch von den Augen abzulesen. Der Sex wurde wilder, schamloser und schmutziger. Und Hildegard genoss es. So sehr, dass sie ihre Aufgaben in der Firma vernachlässigte, Vorstandssitzungen schwänzte, sich bei wichtigen Terminen vertreten ließ. Kurzum: Sie ging vollkommen auf in der Liebe und Leidenschaft zu ihrem Giorgio di Castelnuovo.

*

Es begann zunächst mit kleinen Beträgen.

Er habe seine Kreditkarte vergessen und müsse unbedingt zu einem Geschäftstermin nach Zürich. Ob sie ihm ein paar Hundert Euro leihen könne?

Mit der Zeit wurden die erbetenen »Vorschüsse« größer; mal waren es Tausend, dann mehrere Tausend Euro. Je öfter Giorgio nach Geld fragte, desto absurder wurden seine Ausreden.

Für Hildegard waren die Beträge unerheblich. Sie gab ihm das Geld, ganz gegen ihre Vernunft, weil sie ihm damit einen Gefallen zu tun glaubte. Viel wichtiger war ihr das neu entdeckte Liebesspiel, die Leidenschaft und der wilde Sex, dem sie sich hemmungslos hingeben konnte.

Dann geschah es!

Es war Anfang Dezember. Sie waren in einem diskreten Spa-Hotel im Schwarzwald abgestiegen. Um diese Jahreszeit herrschte wenig Betrieb, man kannte Hildegard Krafft selbstverständlich. Wie immer stand die Penthouse-Suite für sie bereit.

Sie hatten eingecheckt, das Gepäck war bereits in der Suite und Hildegard vorgegangen, um sich frisch zu machen, wie sie augenzwinkernd ihrem Geliebten mitteilte. Er wollte noch ein »wichtiges geschäftliches Telefonat« von der Lobby aus erledigen. In dem Moment, als Hildegard, nur mit einem Badetuch bekleidet, aus der Dusche kam, betrat Giorgio mit düsterer Miene das Zimmer. Statt sie zu küssen, herrschte er sie an.

»Du musst mir Geld leihen.«

Hildegard lächelte: »Natürlich, mein Geliebter. Das hat aber sicher noch Zeit …« Ihr Blick wanderte vielsagend zum Bett, das einladend mitten in der Suite stand.

»Nein!«, schrie Giorgio.

Hildegard schaute ihn erschrocken an.

Er packte sie hart an den Oberarmen.

»Ich brauche eine Million Euro! Und zwar sehr schnell. Jetzt!« Bevor sie etwas erwidern konnte, schüttelte er sie und schrie: »Jetzt! Ich brauche das Geld sofort!«

Mit ungeahnter Kraft riss sich Hildegard los. Sie wollte antworten, suchte nach den passenden Worten.

Er missverstand ihr Zögern, seine Wangen liefen rot an – plötzlich schlug er ihr so hart ins Gesicht, dass sie taumelte. Er nutzte den Überraschungseffekt und stieß sie mit einem Ruck aufs Bett und setzte nach.

»Du wirst mir eine Million Euro geben, und zwar heute noch, du verdammte deutsche Schlampe«, zischte er ganz nah über ihr. Und wieder schlug er zu. Dann legte er seine Hände um ihren Hals und drückte langsam zu. »Wenn du mich verpfeifst, wird dein Mann der Erste sein, der die Videos zu Gesicht bekommt!«

*

Sie fuhren noch am gleichen Tag nach München zurück. Giorgio hatte ihr die Aufnahmen gezeigt. Mit einer Minikamera hatte er jedes ihrer Treffen aufgenommen. In aller Deutlichkeit und in bester Qualität waren die sexuellen Ausschweifungen der sonst so seriösen Hildegard Krafft darauf zu sehen. Er drohte damit, die Aufnahmen öffentlich zu machen.

Hildegard hatte noch auf dem Weg nach München ihre Hausbank angerufen.

»Eine Million Euro, gnädige Frau?«, fragte der Direktor am Telefon etwas erstaunt, um dann umgehend ein »Selbstverständlich, Frau Krafft« folgen zu lassen. Er wusste schließlich, wen er am anderen Ende der Leitung hatte.

*

Zwei Tage später saß Hildegard in Berlin in einem Café am Gendarmenmarkt. Ein scharfer Wind peitschte die ersten Schneeflocken durch die kalte Luft. Der Französische Dom und das Konzerthaus waren durch die beschlagenen Fensterscheiben kaum zu sehen. Sie trug eine große Sonnenbrille, um das blaue Auge zu verdecken. Während sie einen Umschlag mit Giorgios Foto und fünfzigtausend Euro Vorschuss über den Tisch schob, fragte sie mit kühler Stimme:

»Man hat mir gesagt, dass Sie der Beste seien. Stimmt das?«

Der Mann mit dem wettergegerbten Gesicht verzog keine Miene, als er den Umschlag mit einer ru-

higen Bewegung in seiner Manteltasche verschwinden ließ.

»Geben Sie mir zwei Wochen Zeit, Frau Krafft.«

*

Drei Wochen später betrachtete Hildegard Krafft
die kleine Terrasse des Cafés, die durch einige Ton-
töpfe mit Minipalmen von Gehsteig und Straße ab-
getrennt war. Der Himmel war wolkenlos und von
einem Azurblau, das es in Deutschland so nicht gibt.
Man wähnte sich im Mai und nicht im Dezember
an diesem sonnigen Morgen hoch oben über den
Dächern Neapels, mit einer fantastischen Sicht auf
die Bucht, den Hafen und das im Sonnenlicht funkelnde Meer.

Ganz bewusst hatte sie ein leichtes Chiffonkleid
von Chanel und dazu High Heels von Louboutin
angezogen. Die schmale Ledermappe von Hermès
unter dem Arm, offenes Haar und ein weißer, breit-
krempiger Hut, dazu eine Versace-Sonnenbrille
vervollständigten das Bild einer äußerst eleganten
Dame.

Der Mann saß ganz allein am Tisch, hatte eine
Tasse Espresso vor sich stehen und las konzentriert
in einer Zeitung. Die zahlreichen Passanten senk-
ten, wenn sie auf der Höhe des Zeitung Lesenden
waren, ihre Köpfe und beschleunigten ihre Schritte.
Andere wiederum verlangsamten ihren Gang und

nickten dem Mann kaum wahrnehmbar zu, um danach möglichst schnell diesen Abschnitt des Gehsteigs hinter sich zu bringen.

Direkt vor der Terrasse und im Parkverbot stand ein dunkelblauer Sportwagen, so schnittig und elegant, dass es einem die Sprache verschlug.

Zielstrebig, weder nach links oder rechts schauend, überquerte Hildegard Krafft die Straße und steuerte den Tisch an, an dem der Mann saß. Abrupt wurde sie von riesigen Pranken, die zu zwei ebenso riesigen Männern in dunklen Anzügen und Sonnenbrillen gehörten, gestoppt.

»Geschlossene Gesellschaft.«

»Gehen Sie mir aus dem Weg!«, herrschte Hildegard Krafft die beiden Bodyguards in perfektem Italienisch an.

Die Pranken schlossen sich wie Stahlklammern um ihre Oberarme.

»Nehmen Sie sofort die Pfoten von mir, Sie Affe. Wissen Sie überhaupt, wer ich bin?«

»Lasst die Signora los!«, befahl der Mann hinter der Zeitung. Er hatte nicht einmal aufgeschaut.

Sorgsam faltete er die Zeitung zusammen, machte eine knappe, einladende Bewegung und sagte: »Ich weiß, wer Sie sind. Bitte setzen Sie sich doch zu mir, Signora Krafft.« Er zauberte ein charmantes Lächeln hervor. »Ihr Bild vor ein paar Monaten auf dem Cover des Forbes Magazine – unvergesslich.«

Selbstverständlich wusste er ganz genau, wer sie war: eine der reichsten Frauen der Welt. Alleinerbin, Mehrheitsaktionärin und Vorstandsvorsitzende eines der größten internationalen Industriekonglomerate mit Hauptsitz in München, das unzählige Sparten wie Personenwagen, Nutzfahrzeuge, Maschinen und militärische Güter wie Panzer und Raketensysteme in seinem Portfolio bereithielt.

Als sie ihm gegenübersaß und ihn musterte, musste Hildegard sich eingestehen, dass der Mann ganz und gar nicht wie ein Mafia-Boss aussah: etwas kleiner als sie selbst, dazu ein sauber gestutzter, fast weißer Bart und ein mächtiger, gebräunter Kopf – eine Mischung aus Mario Adorf und Ernest Hemingway. Er hatte sich, ganz Gentleman, kurz erhoben, sich andeutungsweise verbeugt, ihr den Stuhl angerückt und sich wieder gesetzt. Dann hatte er einen wie aus dem Nichts aufgetauchten Kellner herangewunken und mit seiner angenehmen Stimme zwei Espressi geordert. Jetzt lehnte sich der Mann etwas nach vorne und fragte in akzentfreiem Deutsch:

»Was kann ich für Sie tun, Frau Krafft?«

Die Angesprochene legte ihre Mappe auf den Tisch und griff hinein. Schon waren die beiden Leibwächter hinter ihr, die Hände an den Waffen in den Schulterholstern.

Der Mann hob nur kurz seine Hand und sie waren wieder allein.

Die Firmenchefin legte ein Foto von Giorgio di Castelnuovo auf den Tisch.

»Ich weiß auch, wer Sie sind, Don Vincenzo«, sagte sie mit ruhiger Stimme. »Und ich weiß, dass Giorgio Ihr Schwiegersohn ist.«

Don Vincenzo ließ sich nicht anmerken, wie sehr er seinen Schwiegersohn verabscheute. Dieser Nichtsnutz hatte es noch nicht mal zu einem Stammhalter gebracht. Glücksspiel und Frauen waren seine einzigen Passionen. Aber was sollte er machen? Seine einzige Tochter, Maria-Grazia, hatte sich unsterblich in diesen »Lazzarone«, diesen Faulpelz, verliebt. Und sogar gedroht, sie werde sich umbringen, wenn er ihr die Hochzeit verbieten würde.

Don Vincenzo schaute das Foto noch nicht einmal an, sondern erwiderte: »Er heißt nicht Giorgio di Castelnuovo, sondern Luigi Carozzo.«

»Ich weiß«, antwortete Hildegard knapp.

Don Vincenzo nickte kurz, sie schien ihre Hausaufgaben gemacht zu haben. Er nippte an seinem Espresso.

»Hat er Sie erpresst?«

»Eine Million Euro.«

»Und jetzt wollen Sie nicht bezahlen und deshalb sind Sie hier.«

»Ich habe ihm das Geld bereits gegeben.«

Don Vincenzo schien einen Moment leicht irritiert.

»Ich hätte ihm auch das Doppelte bezahlt. Geld ist mir in dieser Angelegenheit nicht wichtig.«

Es war einer der seltenen Momente, in denen selbst ein Don Vincenzo verblüfft war. Eine außergewöhnliche Frau, wie es den Anschein machte, diese Hildegard Krafft.

»Nun, Sie haben ja auch genug davon«, antwortete er mit einem ironischen Lächeln.

»Ich verdiene mein Geld nicht mit Verbrechen, Don Vincenzo!«, kam es scharf zurück.

Don Vincenzo stellte die Tasse ab und lehnte sich leicht nach vorne, seine Stimme klang plötzlich gefährlich frostig.

»Ihr Vater und Großvater haben die Motoren, Panzer und Waffen an die Nazis geliefert, damit diese Verbrecher die halbe Welt in Schutt und Asche legen konnten. Und es waren Teile Ihrer Firma, die die Öfen und Gaskammern in den KZs gebaut haben, um sechs Millionen Juden darin ›endzulösen‹.« Er schaute sie scharf an, doch sie wich seinem Blick nicht aus, als er weitersprach: »Meine Mutter und mein Vater waren noch Kinder. Sie lebten in einem Dorf, keine dreißig Kilometer von hier. Eines Morgens kamen die deutschen Soldaten. Die SS-Einheiten befanden sich auf dem Rückzug vor den Amerikanern. Das Dorf war weder strategisch wichtig noch von sonstiger Bedeutung. Dennoch trieben die Nazis alle Dorfbewohner zusammen. Sie mussten ihr eigenes Grab ausheben, bevor sie massakriert wurden. Männer, Frauen und Kinder. Nur meine Mutter und mein Vater konnten sich in einer kleinen Höhle verstecken und überlebten.« Don Vincenzo schlug mit der flachen Hand hart auf den Tisch. »Erzählen Sie mir also nichts von Recht und Unrecht, Frau Krafft!«

Die beiden Hünen waren erneut aufgetaucht und hatten sich neben ihr aufgebaut. Aber Hildegard blieb ganz ruhig und erwiderte gelassen: »Ich war zu der Zeit noch nicht einmal geboren, Don Vincenzo.«

Er schaute sie kurz an, dann lehnte er sich wieder zurück. Seine Stimme klang weich.

»Sie haben recht, Signora. Doch lassen Sie uns nicht mehr über die Vergangenheit sprechen. Heute ist so ein wunderschöner Tag. Man könnte meinen, es sei Frühling und nicht schon bald Weihnachten. Das Leben ist zu kurz, um sich zu streiten. Man sollte vielmehr die schönen Dinge genießen.« Er deutete auf den blauen Sportwagen vor der Terrasse und seufzte. »Sehen Sie den Wagen? Das ist mein Traum. Wenn der Herrgott in seiner großen Gnade mir noch etwas Lebenszeit gibt, möchte ich diesen Prototypen zum schnellsten und besten Sportwagen der Welt machen. So wie es Ihr Ferdinand Porsche geschafft hat.« Unvermittelt schaute er ihr direkt in die Augen. »Im Grunde bewundere ich Sie. Die Deutschen sind so zielstrebig, so genau, pünktlich und präzise. Wenn ihr etwas macht, dann richtig.

Ob es nun ein Krieg ist oder Maschinen – in allem, was ihr tut, seid ihr das pure Gegenteil von uns Italienern.«

Der Detektiv aus Berlin hatte hervorragende Arbeit geleistet. Hildegard Krafft wusste, dass Don Vincenzo einer der gefährlichsten Verbrecher der Welt war. Drogen, Waffen, Menschenhandel, illegale Müllentsorgung aller Art, inklusive Atommüll, den seine Leute in Brückenpfeiler eingossen oder draußen im Meer versenkten. Es gab nichts, was dieser Mann nicht tun würde. Der Traum von der eigenen Sportwagenschmiede stimmte auch – so wie es im Bericht des Detektivs gestanden hatte. Und dass die Prototypen oft enorme Probleme mit den Motoren und der Elektrik hatten, war auch in dem Bericht erwähnt.

»Warum sind Sie hier?«, durchbrach Don Vincenzo die Stille.

»Ich will Genugtuung.«

Er lachte laut auf und schaute sie belustigt an.

»Sie wollen *was*?«

»Ihr Schwiegersohn hat mich zutiefst gekränkt und meine Gefühle verletzt. Er hat mich in schändlichster Weise belogen. Ich will, dass Sie ihn dafür zur Rechenschaft ziehen.«

Don Vincenzo mochte nicht glauben, was er soeben gehört hatte. Er schloss kurz seine Augen und überlegte. Als er sprach, klang seine Stimme wie das Zischen einer Königskobra, kurz bevor sie zubeißt.

»Sie haben den Mut und die Frechheit, zu mir zu kommen und von mir zu verlangen, dass ich den Mann meiner einzigen Tochter umbringen soll, nur weil Sie auf seine Hochstaplermasche hereingefallen sind?« Blitzschnell packte er ihr Handgelenk. »Ich könnte Sie auf der Stelle töten und verschwinden lassen. Und wissen Sie was, Signora Krafft? Kein einziger Passant würde etwas gesehen oder gehört haben. Niemand von all den Leuten, die an uns vorbeigehen oder gerade aus den Fenstern schauen, würde sich je erinnern, eine elegante, große, blonde Frau heute hier am Tisch gesehen zu haben.«

Abrupt ließ er ihr Handgelenk los und stand auf. Eine dunkle Limousine war vorgefahren. Zwei weitere Leibwächter stiegen aus. Don Vincenzo nahm das Jackett, das ihm gereicht wurde, zog es an und sagte: »Gehen Sie nach Hause, Signora. Und seien Sie froh, dass ich kein Unmensch bin, sondern Sie dafür bewundere, wie Sie Ihren Konzern führen.«

Hildegard Krafft hatte kaum eine Regung gezeigt. Doch nun griff sie erneut in ihre Mappe, zog einen Umschlag hervor und legte ihn auf den Tisch.

»Vielleicht wird Sie das hier umstimmen.«

*

Der Mehrklang der Türklingel hallte durch die pompöse Villa. Giovanna, die etwas rundliche

Hausangestellte, begleitete den Maresciallo der Carabinieri von Neapel persönlich in Don Vincenzos Arbeitszimmer.

Als der Maresciallo vor Don Vincenzos großem Schreibtisch stand, nahm er seine Dienstmütze vom Kopf, verbeugte sich und stammelte nervös:

»Don Vincenzo … Es ist etwas Furchtbares geschehen. Ihr Schwiegersohn …« Seine Stimme versagte. Er wusste, vor wem er stand, und er kannte Don Vincenzos Jähzorn. Unzählige Menschen hatten schon ihr Leben gelassen, nur weil sie ein falsches Wort gesagt oder Don Vincenzo eine schlechte Nachricht überbracht hatten. Dem Maresciallo stand der Angstschweiß auf der Stirn. Er war sich sicher, dass er den Untergang der Sonne heute nicht mehr erleben würde. Aber es half alles nichts. »Ein Unfall … Don Vincenzo … Es war …«

Zum Erstaunen des Maresciallo bebte Don Vincenzos Stimme, als er ihn unterbrach, während er das gerahmte Foto mit seinem Schwiegersohn Luigi darauf betrachtete, das auf seinem Schreibtisch vor ihm stand. Mit Tränen in den Augen sagte er:

»Ich weiß, Comandante. Man hat es mir schon berichtet. Eine schreckliche Sache. Eine Tragödie. Ich hatte ihn noch gewarnt: ›Fahr nicht zu schnell mit dem Prototyp, Luigi.‹ Aber diese jungen Leute hören einfach nicht zu …« Seine Stimme versagte.

Dem Maresciallo fiel ein Stein vom Herzen. Er dankte Gott mit einem stummen Stoßgebet für dessen Gnade. Gleich nachdem er das Haus von Don Vincenzo verlassen hätte, würde er zur Kapelle San Maria di Jesu gehen und Kerzen anzünden.

»Die deutsche Polizei hat uns mitgeteilt, dass nichts mehr zu machen gewesen sei. Der Wagen sei mitsamt Ihrem Schwiegersohn völlig ausgebrannt. Mitten auf der Autobahn kurz vor München und ...«

»Ich weiß, ich weiß. Ein Schwelbrand des Motors. Dasselbe Problem, das die schon oft hatten mit dem Wagen«, fiel ihm Don Vincenzo mit belegter Stimme ins Wort. Dann stand er auf, ging um den Schreibtisch herum und legte seine Hand auf die Schulter des Maresciallo: »Aber in meiner unsäglichen Trauer um meinen Schwiegersohn gibt es auch einen Lichtblick. Gerade vor ein paar Tagen konnten wir ein Abkommen zur Zusammenarbeit abschließen. Es wird uns erlauben, den besten Sportwagen der Welt hier in Neapel zu bauen. Es werden viele neue Arbeitsplätze entstehen, Comandante.«

Der Maresciallo bebte vor Ehrfurcht, als er zum Abschied Don Vincenzos Hand küsste. Was für ein Mann, der trotz der Trauer um seinen Schwiegersohn das Wohl der Menschen, des Landes und der Stadt im Auge hatte!

Als er wieder allein war, legte Don Vincenzo das Zusammenarbeitsabkommen, das ihm Hildegard Krafft vor ein paar Tagen, bereits von ihr unterschrieben, in dem Café überreicht hatte, mit einem zufriedenen Lächeln in eine Schublade, nahm das Foto von seinem Schwiegersohn in die Hand und sagte lächelnd: »Mächtige Frauen sind wie Sportwagen, Luigi – man muss wissen, wie man mit ihnen umgeht.«

Dann warf er das Bild mitsamt dem Rahmen in den Abfalleimer.

Mammons Jünger

Wäre nicht der halbe Kopf weggeschossen, hätte man annehmen können, der Mann sei gegen Ende eines harten Arbeitstages kurz eingenickt.

Huber hatte selten so etwas gesehen. Am wenigsten hätte er diesen Anblick an der Zürcher Bahnhofstraße erwartet. Und noch weniger im obersten Stock der Bank of Switzerland. Und das kurz vor Weihnachten und an einem Freitagabend. Eine Assistentin der Bank hatte den Anruf getätigt. Jetzt stand Huber mitten in dem eleganten Büro und schaute sich um. Er wollte sich zunächst einen Überblick verschaffen. So tat er es immer.

Der Mann saß ein wenig eingesunken im schweren Ledersessel, der linke Arm hing schlaff hinunter, der rechte Arm lag auf der soliden Nussbaumplatte des Schreibtisches. Dunkler Anzug, grau-weiß gestreifte Krawatte, eine massive goldene Uhr am Handgelenk, schwerer Ehering am Finger.

Hauptkriminalkommissar Huber hätte wie jeder andere Polizist angesichts dessen einen Suizid angenommen. Die Waffe lag neben dem Ledersessel auf dem teuren Seidenteppich. Ein klarer Fall. Kam zwar selten vor in diesen Kreisen und in seiner Stadt, dachte Huber, aber es war durchaus im Rahmen des Möglichen und auch schon geschehen. Selbst die Tatsache, dass es sich bei dem Opfer um Dr. Johann K. Weber handelte, die Nummer zwei der Bank, bürgerlich-konservativer Lokalpolitiker und prominenter Kunstmäzen, hätte einen Suizid noch nicht ausgeschlossen. Doch … Huber drehte sich langsam um die eigene Achse, sein Blick erfasste den Raum wie ein Radar. Er atmete tief durch. Nein, um einen trivialen Selbstmord handelte es sich hier bestimmt nicht: die rundum blutbespritzten Wände, die Einschusslöcher darin, und die zweite …

Ein kurzes Räuspern riss Huber aus seinen Gedanken. An der Tür zum Büro stand Urs J. Meister, seines Zeichens Vorstandsvorsitzender der Bank, und starrte mit versteinerter Miene auf die Szenerie. Sekunden verstrichen, die Huber wie eine Ewigkeit erschienen, dann warf Meister einen Blick auf seine Breguet Grande Complication Tourbillon aus Platin, die mehr kostete, als ein Hauptkommissar im ganzen Jahr verdiente, und fast gleichzeitig klingelte Hubers Handy. Die Nummer des Polizeipräsidenten leuchtete dezent, aber deutlich im Display auf.

*

Ein paar Stunden zuvor
»Erkenntnis ist die Summe aller Erfahrungen.« Der Gedanke schien ihm sinnvoll, auch wenn er

von Meister stammte und als Motto allen Managern der Bank eingetrichtert worden war. Dennoch, auch nach all den Jahren, blieb dieser Satz irgendwie überzeugend, wie er widerwillig zugeben musste. Dr. Johann K. Weber ließ seinen Blick über die Fensterfront gleiten. Die raumhohen Sicherheitsglasscheiben boten einen sagenhaften Ausblick auf die ihm zu Füßen liegende Stadt.

Zürich – Hort der Zufriedenen. Die Stadt mit der – laut Umfragen – weltweit höchsten Lebensqualität. Hierhin wollen sie alle. Die Stadt an der Limmat bietet alles: Sicherheit, Diskretion und vor allem – Geld.

Sein Blick schweifte bedächtig über die Dächer der nicht allzu weit entfernten Altstadt, blieb einen Augenblick am See hängen. Das glitzernde Wasser, von einer sanften Brise bewegt und in kleinen Wellen an die Bordwände der eleganten Boote klatschend, zerstiebend und so das Sonnenlicht in kurzen Augenblicken in alle Spektralfarben zerlegend, warf einen fast magischen Glanz auf die Menschen, die sich beim Seebad Utoquai auf einer Sitzgelegenheit ausruhten, um die letzten wärmenden Sonnenstrahlen des sich neigenden Wintertages zu genießen. Und auch auf jene, die sich dem Shopping hingaben und keinerlei andere Sorgen zu haben schienen als die Überlegung, wo man das Abendessen am besten einzunehmen gedachte. Im Baur au Lac-Hotel gleich am See? Oder doch besser beim Italiener im

Niederdorf? In diesem noch vor wenigen Jahren als Schmuddelquartier verpönten, von Prostituierten belagerten Kleinod städtebaulicher Kunst, das nun endlich gesäubert und, von Luxusboutiquen, teuren Restaurants und Szenebars gespickt, seiner spießig-bürgerlichen Bestimmung wieder zugeführt geworden war.

Weber schreckte aus seinen behäbigen Gedanken auf. Obschon Freitag und Nachmittag, galt es, ein Problem zu lösen. Ein gigantisches Problem. Meister persönlich hatte sich gestern bei ihm gemeldet. Seine Stimme hatte frostig geklungen, als er schnarrte:

»Schaffen Sie dieses Problem aus der Welt, Weber, sonst ...«

Weber hatte verstanden. Es bedurfte keiner weiteren Erklärungen. Alle hingen sie mit drin. Aber nur *einer* würde für alle büßen. Röthlisberger. Doch wie würde Röthlisberger reagieren?

Weber schaute auf die Zeitungsartikel, die ihm der Mann, der sich namentlich nicht vorstellen wollte, dagelassen hatte. Er käme in Meisters Auftrag, sei als »Berater« hier, also musste ihm Weber wohl oder übel zuhören. Und der Mann in seinem unscheinbaren, doch eleganten grauen Anzug hatte über eine Stunde mit ihm gesprochen. Jetzt lagen diese Zeitungsausschnitte auf Webers Schreibtisch. In ihnen war von scheinbar ganz normalen Menschen die Rede: Günther Tschanun, Helmut B., Friedrich Leibacher. Durchschnittsmenschen, bis sie eines Tages Amokläufer wurden. Hier geschehen. In der Schweiz. Nicht irgendwo auf der Welt.

Weber überflog nochmals die Zeilen eines alten Zeitungsartikels der Zürcher Stadtzeitung, den der namenlose Berater hiergelassen hatte: *Günther Tschanun, der damals 45-jährige Architekt und Chef der Zürcher Baupolizei, fühlte sich von seinen Mitarbeitern gemobbt. Also erschoss er am 16. April 1986 an seinem Arbeitsort im Amtshaus innerhalb von zehn Minuten vier seiner engsten Mitarbeiter. Der Amokläufer wurde wegen vorsätzlicher Tötung zu siebzehn Jahren Zuchthaus verurteilt. Zudem befand das Gericht, die Opfer trügen eine Mitschuld.*

Weber war fast noch ein Kind, als es passierte, konnte sich aber gut an die Tat erinnern. Die Medien waren damals voll davon. Er starrte auf die letzte Zeile des Artikels, wiederholte diese leise mit bebenden Lippen:

»Das Gericht befand, die Opfer trügen eine Mitschuld!«

Unglaublich! Ein Verrückter läuft Amok und das Gericht befindet, die Opfer seien auch noch schuld. Weber begann zu schwitzen, obwohl es in seinem Büro angenehm kühl war. Erneut fragte er sich, wie Röthlisberger reagieren würde.

Er nahm den zweiten Artikel: *Das Zuger Attentat wurde am 27. September 2001 während einer Sitzung des Kantonsrates im Parlamentsgebäude des Kantons Zug verübt. 14 Politiker wurden vom Attentäter Fried-*

rich Leibacher erschossen, der sich kurz darauf selbst das Leben nahm. *Leibacher fühlte sich vom Rechtsstaat derart schlecht und nachteilig behandelt, dass er sich zu dieser Tat gedrängt sah.*

Der Attentäter gelangte mit mehreren Waffen, darunter ein Sturmgewehr und eine Pistole SIG Sauer, ins Zuger Parlamentsgebäude und schoss im Saal des tagenden Parlaments wild um sich. Er tötete dabei drei Regierungsräte und elf Kantonsräte, verletzte zahlreiche Politiker sowie einige Journalisten zum Teil schwer. Leibacher feuerte 91 Schüsse ab.

Ein Sturmgewehr und eine SIG-Sauer-Pistole! Weber kannte beide Waffen sehr genau. Die Standardwaffen der Schweizer Soldaten und Offiziere. Er selbst war Hauptmann in der Schweizer Milizarmee, und so wusste er, dass jeder Soldat seine Waffen zu Hause aufbewahrte – so auch Röthlisberger.

Weber saß eine ganze Weile fast regungslos und nachdenklich an seinem Schreibtisch, dann nahm er sein Handy und schickte die Nachricht ab. Danach öffnete er die rechte Schublade seines Schreibtisches: Seine mattschwarze SIG-Sauer-Pistole lag geladen darin und gleich daneben das Couvert mit den Fotos, das dieser ominöse Berater ihm gegeben hatte.

*

Der Wintertag hätte nicht besser sein können: kalt, aber sonnig. Es dunkelte langsam ein, die Luft roch nach Schnee. Marc Röthlisberger trat kräftig in die Pedale. Seine muskulösen Beine beschleunigten das Hightech-Rad mühelos. Er schlängelte sich lässig durch die freitagabendliche Zürcher Rushhour. Die große schwarze Sporttasche, die er sich auf den Rücken geschnallt hatte, störte ihn trotz des Gewichtes kaum. Röthlisberger war durchtrainiert und groß gewachsen. Sein kurz geschorenes, dunkles Haar bot dem Fahrtwind kaum Widerstand, er zog seine Augen zu schmalen Schlitzen zusammen, seine scharf geschnittene Nase, die hohen Wangenknochen, das markante Kinn – Attribute eines Gewinners. Schon als junger Student an der Universität Zürich hatte er viel Sport getrieben: Joggen, Radfahren, Mountainbiking und Rudern in der Studentenmannschaft. Später, als er an sein glänzend abgeschlossenes Jurastudium ein Wirtschaftsstudium an der Elitehochschule HSG in St. Gallen anhängte, spielte er Tennis und noch später dann auch Golf. Wie jeder gute Schweizer, der Karriere machen wollte, hatte er nicht nur die militärische Grundausbildung geleistet, sondern auch die Offiziersschule in der Schweizer Armee absolviert. Röthlisberger hatte früh geheiratet. Zu früh, wie er in letzter Zeit oft dachte. Seine Frau, eine hübsche Brünette, freundlich, sparsam, gutbürgerlich – grundsolide eben. Die Mädchen, Zwillinge, »zwei blonde kleine Engel« –

wie alle, die sie sahen, schwärmten. Sein Heim, eine sonnendurchflutete Fünfzimmerwohnung im Seefeld-Quartier. Das Tor zur »Goldküste« sozusagen. Dorthin wollte auch er – um jeden Preis. Entweder direkt am Seeufer wie Weber, sein Boss, oder eines Tages gar ganz oben wie Meister. Röthlisberger glaubte fest daran. Er wusste, dass er der beste aller Händler war, wusste, dass er der Bank schon riesige Gewinne gebracht hatte.

Doch nun hatten sich Verluste angehäuft. Er musste vorsichtig sein. Denn zurzeit lag er im Minus – massiv im Minus! Aber das war nicht sein einziges Problem. Das andere hieß Irina und hatte ihn um den Verstand gebracht. Vor einem Jahr hatte er sie das erste Mal getroffen. Während der FOREX Financial Conference in Moskau. Eigentlich wollte er an jenem Abend schlafen gehen. Weber hatte ihn überredet:

»Na, kommen Sie schon, Röthlisberger, seien Sie kein Frosch. Hey, wir gehen da nur was essen. Ist ein super schwedisches Restaurant. Hier sieht Sie ja keiner. Sie können ja nach dem Essen gleich zurück ins Hotel gehen.«

Er ging mit. In einen Club. Direkt an der Twerskaja uliza gelegen, der wohl bekanntesten Straße Moskaus, die beim Kreml beginnt und fast zwei Kilometer weiter in den Leningradsky Prospekt übergeht, der Beginn der Fernstraße nach Sankt Petersburg.

Später kehrte er ins Hotel zurück, aber nicht allein.

Irina hatte Beine ohne Ende und einen Körper, der unwiderstehlich war. Er hatte Dinge getan, die er sich nie hätte träumen lassen. Aber danach, als sie gegangen war, hatte er sich zutiefst geschämt für sein zügelloses, perverses Verhalten, einen Trieb, den er zuvor nie bei sich vermutet hätte. Das Telefonat mit seiner Frau an jenem Abend war kurz gewesen. Er fühle sich nicht wohl und wolle schlafen gehen, hatte er gelogen. Nach dem Anruf musste er sich übergeben – aus Ekel vor sich selbst. Doch schon eine Woche später hatte er Irina wieder kontaktiert. Sie ging ihm nicht mehr aus dem Kopf.

Danach traf er sie immer wieder. Er besorgte ihr ein Jahresvisum über die Bank. Nebst seinem aufreibenden Job als Händler und Familienvater führte er seither auch noch ein Doppelleben mit Irina. Selbst sein junger, kräftiger Körper hielt dieser Belastung kaum stand. Doch auch hierfür fand sich eine Lösung – Kokain.

Aber nach einem Jahr etwa wurde es zu viel. Er begann, die Kontrolle zu verlieren. Er schlief kaum noch, wurde mürrisch, aggressiv, in sich zurückgezogen. Er musste sich entscheiden – und er hatte sich entschieden! Er hatte eingesehen, dass das Problem zu groß geworden war. Aber das Problem ließ sich lösen. Er konnte alle Probleme lösen. Alles, was er dazu benötigte, befand sich in der schwarzen

Sporttasche auf seinem Rücken. Oh ja, heute würde er all seine Probleme auf einen Schlag lösen. Er hatte lange gebraucht, um sich dazu durchzuringen. »Es gibt Momente im Leben eines Mannes, in denen er wählen muss, welchen Weg er einschlagen soll.« Er wusste nicht mehr, wo er das gelesen hatte, aber er war sich gewiss, dass er heute Abend solch eine Weggabelung in seinem Leben erreicht hatte.

Er trat noch kräftiger in die Pedale, um möglichst schnell nach Hause zu seiner Familie zu kommen und seinen Beschluss in die Tat umsetzen zu können. Er fühlte sich unbesiegbar. In jeder Hinsicht, denn das Kokain in seinem Kreislauf tat seine Wirkung.

Sein Handy plingte. Fast hätte er es überhört. Er kramte es, ohne das Fahrrad anzuhalten, aus der hinteren Hosentasche hervor.

»Sofort zu mir. Börsenaufsicht will am Montag Kontrolle machen. Weber.«

Um ein Haar wäre Röthlisberger vom Rad gefallen, als er die Nachricht las. Er konnte gerade noch knapp in eine Seitengasse fahren und sich am Straßenrand übergeben.

*

Urs J. Meister waren Emotionen fremd. Weder liebte er die Menschen noch hasste er sie. Sein einziges Interesse bestand darin, »sein Haus«, wie er seine

Bank gerne nannte, erfolgreich zu machen und zu halten. Er sah sich selbst als unverzichtbaren Bestandteil der Bank. An der Spitze – selbstredend. Er war kein gläubiger Mann im klassischen Sinn. Das einzige, woran Meister wirklich glaubte, war – Geld. Dass Geld bloß schnöder Mammon und des Teufels Werk sei, war für Meister die größte Lüge der Menschheit. »Nur Besitzlose verdammen Geld – weil sie keines besitzen. Denn in Tat und Wahrheit tun Menschen für Geld einfach alles«, entsprach Meisters innerstem Credo. Das würde er in der Öffentlichkeit so natürlich nie sagen – schlecht fürs Geschäft. Bankiers müssen Vertrauen erwecken. Und neutral sein. Ohne Ausnahme.

Meisters Vorstandsbüro im obersten Stockwerk der Bank of Switzerland war in jeder Hinsicht überwältigend. Mahagonischreibtisch, dahinter an der Wand ein Original von Matisse – unbezahlbar das Bild. Fensterfront übers Eck, den Blick aus der obersten Etage über die Stadt, den See und auf die fernen Alpen freigebend. Ein drei Zentimeter dicker Teppich dämpfte die Schritte zu einem fast unhörbaren Gleiten, sobald man in das Heiligtum des Geldes trat. Die Besucherecke war mit handgefertigten Einzelstücken einer weltbekannten Schweizer Polstermanufaktur möbliert. Dazu der noble Clubtisch, an dem Meister zu besonderen Gelegenheiten ausgewählt Hochprozentiges anbot – alternativ auch Tee oder Wasser, wenn es sich um Gäste aus dem Orient handelte –, um auf einen Abschluss anzustoßen oder einen potenten Neukunden bei der Bank willkommen zu heißen.

Jedem, der das erste Mal in Meisters Büro empfangen wurde, äußerst vermögende Privatkunden und Potentaten zumeist, verschlugen das Ambiente und der Ausblick den Atem. Und das war auch gut so, denn schließlich befand man sich in der Vorstandsetage einer der größten und mächtigsten Banken der Welt. Selbst die abgebrühtesten Besucher, und das waren die meisten, waren von der Aussicht aus Meisters Büro mindestens so fasziniert wie vom Anblick Meisters selbst. Der Mann war fast zwei Meter groß und wog wohl an die einhundert Kilogramm, ohne jedoch übergewichtig zu wirken. Sein Gesicht war rund und immer leicht gerötet, das Lächeln seiner dünnen Lippen schien wie in Stein gemeißelt, denn seine Augen lächelten nie. Seine Hände erinnerten an Baggerschaufeln und waren noch das Einzige, das möglicherweise einem geschulten Beobachter Meisters Herkunft hätte verraten können. Denn Meister war eine Ausnahme unter den Topbankern dieser Welt: Er kam aus einfachen Verhältnissen. Sein Vater war Bergbauer gewesen. Ein Hüne wie sein Sohn, rechtschaffen und von frühmorgens bis spätabends, jeder Witterung trotzend, an den steilen Hängen seines Gehöftes arbeitend. Der Vater bemerkte schon bald, dass sein Sohn für diese Arbeit nicht gemacht war. Nicht dass der Junge faul oder schwach gewesen wäre, nein, das war es nicht. Vielmehr schien der kleine Urs (das J. als Zwischenbuchstabe hatte sich Meister erst später zugelegt) ein Träumer zu sein. Lokführer wolle er werden. »Was willst du werden?«, fragte der Vater oft. Die Antwort war immer dieselbe: »Lokführer …« Und etwas später kam noch der Zusatz: »Oder Astronaut«. Meister Senior war bald klar, dass der Junge seinen Hof nie übernehmen würde, aber »was Gescheites sollst du lernen«, wie er in einem Ton sagte, der keinen Widerspruch duldete. So kam es, dass Urs Meister in die große Stadt im Unterland geschickt wurde und eine Bankenlehre machte. Seine Träume, Lokführer oder Astronaut zu werden, verblassten Monat für Monat ein wenig mehr. Doch ein ganz anderer Wunsch bemächtigte sich seiner, als er das erste Mal, tief unten im »Bauch der Bank«, wie er zu Beginn noch etwas träumerisch dachte, im Haupttresor stand und mit offenem Munde die auf profanen Holzpaletten lagernden Millionen (oder gar Milliarden?) an Werten sah; zu Bergen aufgetürmte Goldbarren und Tausende mit Banderolen umwickelte Notenbündel, die zu riesigen, in Folie eingeschweißten Quadern gestapelt waren. Von diesem Augenblick an wusste er, was er wollte – ganz an die Spitze der Bank gelangen. Herr zu werden über all die Schätze im Bauch der Bank.

Dreißig Jahre später hatte er es geschafft – ohne einen Universitätsabschluss oder gar einen Doktortitel wurde er Vorstandsvorsitzender der Bank of Switzerland.

»Erkenntnis ist die Summe aller Erfahrungen.« Das kleine Schild mit den goldgeprägten Buchstaben stand so auf seinem Schreibtisch, dass es jeder lesen konnte, der vor ihm saß. Der Spruch hing in der ganzen Bank. Er stammte von ihm. Genau genommen stammte er von einem unbekannten Schweizer Schriftsteller, aber wie so oft im Leben klaut man die besten Weisheiten einfach und macht sie sich zu eigen, wie Meister dachte.

Seit nunmehr fast zehn Jahren leitete er die Bank. Er hatte seine Position mit absoluter Härte erreicht und mit ultimativer Skrupellosigkeit verteidigt. In drei Jahren würde er sich zur Ruhe setzen. Seinen Lebensabend genießen. An den schönsten Plätzen dieses Planeten. Ja, das Beste lag noch vor ihm. Doch es gab noch etwas zu tun. Ein Problem, das er aus der Welt schaffen musste. Das erste Mal in seinem Leben überhaupt stellte sich ihm ein Problem von solch immenser Größe. Eines, das er nicht allein lösen konnte, denn das Unvorstellbare war eingetreten: Die Bank stand am Abgrund – vor dem Bankrott!

Er hatte einen »Berater« engagiert. Ein sehr guter Kunde aus Russland hatte ihm verraten, wie dieser kontaktiert werden konnte. Meister hatte sich zunächst gesträubt, aber das Problem war so gigantisch, dass er sich überwand und den Mann angerufen hatte, denn ansonsten würde er seinen Lebensabend weder an der Côte d'Azur noch auf den Bahamas verbringen, sondern in Regensdorf bei Zürich – hinter Gittern.

Meister griff zum Telefon und wählte Webers interne Nummer.

*

Weber schaute sich die Fotos nochmals an. Schwarzweiß, etwas unscharf, aber deutlich genug, um die Gesichter darauf erkennen zu können. Und überdeutlich zu sehen, was die Personen auf den Fotos machten. So ein Mist, ausgerechnet jetzt musste die Börsenaufsicht dahinterkommen. Meister hatte recht: Einen Schuldigen müsse es immer geben, hatte er gesagt. Das sei das Mindeste. Sonst würden sie alle im Knast landen. Er, Weber, im Knast! Nicht auszudenken. Er stand ja erst am Anfang einer brillanten Karriere. Makellos sein Werdegang: Sprössling aus vornehmem Hause, Studium der Jurisprudenz, Promotion mit summa cum laude, seine Dissertation »Superiorität einer souveränen Landeswährung im Kontext globalisierter Devisenmärkte« war damals von der Fachwelt hoch gelobt worden. Dass er sie zu einem nicht unbeträchtlichen Teil von einem Ghostwriter hatte schreiben lassen, hatte ihm keine einzige schlaflose Nacht bereitet. Schließlich war der Mann fürstlich bezahlt worden.

Weber war ein Karrierist par excellence, hatte in eine der reichsten Zürcher Familien eingeheiratet, was dazu beigetragen hatte – ein paar »wohlwollende Worte da und dort« –, dass er schnell Fuß fassen konnte in der Bankenwelt. Seine Skrupellosigkeit ebnete Webers Weg nach ganz oben. Und schon sehr bald würde er Meister an der Spitze ablösen. Jetzt durfte er nur keinen Fehler machen. Einer musste schuldig sein!

Er musste es tun. Röthlisberger würde büßen müssen – für alle. Jede Tragödie braucht einen Schuldigen, ansonsten sterben am Schluss alle. Weber wusste natürlich, dass niemand hingerichtet wird in der Schweiz, doch Gefängnis, sozialer Abstieg, Scheidung, Verbannung aus dem Olymp der Schönen und Mächtigen … Das war schlimmer als der Tod.

Er nahm die Waffe aus der Schublade, vergewisserte sich, dass sie geladen war, fünfzehn Schuss im Magazin plus einer im Lauf. Er hatte nicht vor, die Waffe zu gebrauchen, aber sicher ist sicher, dachte er, denn Weber wusste, dass auch Röthlisberger, wie jeder, der noch aktiv diente, seine Waffe zu Hause hatte. Und was für eine Waffe. Ein Sturmgewehr, dessen Kolben eingeklappt werden kann. Eine absolut tödliche Waffe, die in jede Sporttasche passt.

*

Es hatte zu schneien begonnen. Fast eine Stunde lang hatte Röthlisberger neben seinem Rad auf der Gehsteigkante gesessen und, am ganzen Körper zitternd, überlegt, was er tun sollte. Nun hatte er sich wieder gefangen. Zwar noch ganz bleich, war er dennoch wieder aufs Rad gestiegen und nicht nach Hause, sondern zur Bank geradelt. Man würde alle Schuld ihm in die Schuhe schieben. Er musste Weber überzeugen, ihn weiterhin zu decken!

Alles war vertuscht worden; der ganze Vorstand und Meister selbst hatten die Sicherungen aus seinem Computer deaktivieren lassen. Ohne deren Wissen und Einverständnis hätte er als Händler mit seiner Freigabestufe an einem Delta-one-Tisch niemals solch gigantische Summen in Bewegung setzen können. Alle waren involviert. Er würde nicht als Einziger über die Klinge springen.

Seine Wut stieg mit jedem Meter, den er auf die Bank zufuhr, weiter an, jeder seiner Tritte in die Pedale vermischte sich mit einem leisen, klackenden Geräusch, den das gegeneinanderschlagende Metall in der Sporttasche verursachte.

*

Weber wusste natürlich ganz genau, dass man Röthlisberger hatte gewähren lassen. Schon kurz nach dessen Einstellung. Weber persönlich hatte ihn damals interviewt und sein Potenzial umgehend erkannt. Der Mann war ein Spekulant. Einer der ganz besonderen Art. So einen konnte man gut gebrauchen im Handelsraum der Bank of Switzerland.

Ein Handelsraum ist ein ganz spezieller Ort, sakral quasi. Derjenige der Bank of Switzerland war im siebten Stock untergebracht. Etwa vierhundert Quadratmeter groß der Raum, die Händlertische, fast einhundert, in Achtergruppen unterteilt. Jeder Händlertisch mit vier bis acht Flachbildmonitoren bestückt und mehreren Computertastaturen versehen. Über dem Ganzen thronten auf einer Galerie die Gruppenleiter in vollverglasten Büros.

Bei der Bank of Switzerland waren die Achtergruppen in Kategorien gemäß der maximalen Handelslimits der daran arbeitenden Händler unterteilt. Aber Weber wusste allzu genau, dass man, nachdem Röthlisberger schon nach kurzer Zeit sagenhafte Gewinne erbracht hatte, die elektronischen Sicherungen ausgeschaltet hatte und Röthlisberger somit astronomisch hohe Beträge bewegen konnte.

Im Prinzip kann man den Handelsraum einer Bank mit dem Roulettesaal eines großen Kasinos vergleichen. Die Roulettetische sind die Handelsplätze, nach Einsätzen gruppiert wie in einem Kasino, die Croupiers entsprechen den Gruppenleitern der Händler und die Händler sind die Spieler. Doch selbst die waghalsigsten Roulettespieler sind absolute Amateure gegen die Händler einer Bank, und der Betrieb in den größten Kasinos dieser Welt, selbst

Monte Carlo oder Las Vegas, ist eine Kinderparty im Vergleich mit dem Geschehen im Handelsraum einer großen Bank. Hier werden ganz andere Summen bewegt. Es dauert eine Sekunde, um 150 Millionen Euro zu investieren, maximal drei Sekunden verstreichen, um eine Milliarde Euro zu bewegen – die Finanzmärkte schlucken innerhalb von Sekunden jede noch so absurd hohe Summe. Dennoch, und trotz aller mathematischen Modelle, trotz Legionen hochstudierter Mathematiker, Physiker und Ökonomen, die immer neue Computerprogramme entwerfen, trotz hyperschneller Computersysteme, die die Zukunft deterministisch zu berechnen suchen, verhalten sich die Händler wie Spieler: Sie setzen auf ihr »Gefühl«. Wie in einem Kasino eben. So absurd dies klingen mag, so wenig, wie dies je ein Banker zugeben würde, so real ist es. Dutzende, Hunderte Milliarden bewegen sich lautlos, unsichtbar und im Sekundentakt um den Globus, ein gigantischer Blutstrom virtuellen Geldes, der Reichtum schafft, Armut generiert, Firmenkassen füllt, Hypothekarschuldner ruiniert, ganze Länder an den Rand des Abgrunds treibt, Kriege auslöst oder beendet – die Hybris derer, die sich allmächtig glauben, ist nirgends so präsent wie in einem Handelsraum einer Bank!

Und als bei Röthlisberger alle Sicherungen in seinen Computern deaktiviert waren, begannen die seinen durchzubrennen. Am Anfang lief alles bestens und er verdiente mehrere Hundert Millionen Euro für die Bank. Doch schon damals wurde die Börsenaufsicht aufmerksam, witterte eine Marktmanipulation. Röthlisberger wurde seitens der Bank gedeckt. Man stritt alles ab und kam damit durch, und so wurde Röthlisberger zum Star der Händler – unantastbar.

Und je mehr Gewinn Röthlisberger ablieferte, desto höher wurden seine Ziele gesteckt. Auch der Vorstand musste Bescheid wissen, wie Weber vermutete, ohne je nachzufragen, denn als Röthlisberger sich das erste Mal verspekulierte und in Sekunden fast fünfzig Millionen Euro verlor, zahlte die Bank am Abend die Verluste an der Börse.

Wenn die Verluste zu groß waren, wurden sie »glattgestellt«, wie es im Fachjargon heißt. Dabei neutralisiert die Bank eine offene Handelsbuchposition durch eine genau entgegengesetzte Transaktion mit dem Ziel der Risikominimierung. Hierzu benötigt man eine Gegenpartei am Markt, die als Handelspartner dient. Röthlisberger jedoch hatte irgendwann begonnen, fiktive Handelspartner für die Glattstellung in sein System einzugeben. Es existierte also niemand, der die Transaktionen mittels eines Gegengeschäftes abgesichert hätte. Röthlisberger hatte jede Bodenhaftung verloren.

Weber starrte erneut ungläubig auf die Zahlen, die sein Computermonitor anzeigte: *Zehn Milliarden Euro Verlust* per heute Abend signalisierte das

System. Und was noch schlimmer war: Weitere vierzig Milliarden an ungedeckten Positionen, die schlimmstenfalls in Wochenfrist fällig würden. Dies entsprach der Bilanzsumme der gesamten Bank – in etwa!

*

Meister hatte wenig Lust, seine restlichen Tage im Gefängnis zu verbringen, und so hatte er sich heimlich mit dem Finanzminister getroffen. Man war sich schnell einig geworden: Ein Bankrott der Bank würde katastrophale Konsequenzen nach sich ziehen – für das ganze Land. Die Bank war »too big to fail«, ihr Bankrott wäre ein systemisches Risiko, das einer nuklearen Kernschmelze gleichkäme. Die Verfehlungen Einzelner – Meister meinte damit natürlich nicht sich selbst – durften nicht die gesamte Volkswirtschaft in den Abgrund reißen.

Der Finanzminister, ein in Würde ergrauter Mann, bodenständig, im Landesinneren aufgewachsen. Sein Vater war ein einfacher Arbeiter gewesen, der seine gesamten Ersparnisse in die Ausbildung seines Sohnes zum Juristen ausgegeben hatte und am Tag, als dieser das Staatsexamen bestanden hatte, vor Freude und Stolz das erste Mal in seinem Leben eine Runde Bier für alle Gäste im kleinen Gasthof des Dorfes bezahlt hatte. Dieser Minister hatte sich sein ehrliches Wesen – so gut es ging – erhalten. Fleiß, Bodenständigkeit und Ausdauer hatten ihn letztlich in das für ihn denkbar höchste Amt des Landes gebracht – Finanzminister der reichsten Nation dieses Planeten. Ja, sein Vater wäre stolz auf ihn gewesen. Doch eines war ihm, wie vielen ehrlichen Menschen, als »Charakterschwäche« geblieben: Er war überzeugt, dass der Mensch im Grunde seines Wesens ehrlich sei. Das war naiv.

Meisters Worte klangen ehrlich. Seine Versicherungen, der Verwaltungsrat und Vorstand der Bank und er selbst seien Opfer von ein oder zwei »skrupellosen Mitarbeitern« geworden, klangen zwar vage, doch seine eindringlichen Worte, man werde die Schuldigen zur Rechenschaft ziehen, überzeugten den Finanzminister. Und eigentlich hatte der kleine Mann auch keine andere Wahl. Nach einer knappen Stunde war man sich einig: Der Minister garantierte Staatshilfe.

*

Röthlisberger hatte sein Fahrrad nahe dem Haupteingang der Bank abgestellt. Er wusste, dass dies verboten war, doch heute scherte er sich nicht darum. Nein, heute würde er seine Probleme ein für allemal lösen. Es war ihm unbegreiflich, wie es so weit hatte kommen können.

Er schulterte seine Sporttasche und stapfte mit gesenktem Haupt durch den schon fünf Zentimeter tiefen Schnee auf den Eingang zu. Das Knir-

schen seiner Schritte im Schnee klang merkwürdig bedrohlich in seinen Ohren. Er würdigte die
hektisch dahineilenden Menschenmassen, die sich
dem vorweihnachtlichen Einkaufsrausch hingaben,
keines Blickes. Und auch die festlich-bombastische
Beleuchtung der Bahnhofstraße, deren Glanz die
Szenerie der Luxusboutiquen und Schmuckgeschäf-
te in ein fast schon sakrales Licht tauchte, nahm er
nicht wahr. Er eilte durch den Eingang, zog seinen
Badge durch den Leser, wartete auf den Fahrstuhl.

Röthlisberger betrat Webers Büro. Dieser saß son-
derbar steif hinter seinem Schreibtisch und starrte
wie gebannt auf die Sporttasche in Röthlisbergers
Hand.

Röthlisberger stellte die Sporttasche scheinbar
achtlos rechts neben der Tür ab und wollte etwas
sagen, aber er wusste nicht so recht, wie er beginnen
sollte. Weber starrte immer noch auf die Sporttasche. Sie war sehr groß – achtzig oder neunzig Zentimeter lang, wie Weber schätzte. Webers Stimme
klang merkwürdig hohl, als sich sein Blick endlich
von der Sporttasche löste.

»Die Börsenaufsicht hat sich für Montag ange-
meldet.«

»Na und? Die haben nichts in der Hand«, antwortete Röthlisberger.

»Diesmal schon. Marc, diesmal haben Sie es übertrieben.« Webers Hand schwebte über der Schublade.

»*Ich* habe es übertrieben? Was glauben die …« Röthlisberger machte einige Schritte auf Webers Schreibtisch zu.

»Man wird Sie zur Rechenschaft ziehen!« Webers Stimme hatte ein leichtes Tremolo.

»*Sie* haben mir doch alle Freigaben …« Röthlisbergers Gesicht wurde langsam rot vor Zorn.

»Halten Sie die Schnauze, Mann! Sie haben die Bank in den Ruin getrieben!«, fauchte Weber, sein Rücken spannte sich.

»Das ist doch Scheiße, was Sie da erzählen!«, fuhr Röthlisberger dazwischen. Seine Stimme klang weinerlich, als er fortfuhr: »*Ich* war es doch, der die ganzen Gewinne der letzten Jahre gemacht hat. *Ich* war es doch, der hier Tag und Nacht alles gegeben hat, *ich* …«

»Blödsinn!« Weber war aufgesprungen und stand zitternd hinter seinem Schreibtisch. »Sie haben die Bank an den Rand des Abgrunds getrieben, Sie verdammter Idiot! Sie sind gefeuert!« Die letzten Worte hatte er geschrien. Er ließ sich in seinen Sessel fallen, seine Hand lag ganz nahe bei der Schublade.

Alles begann sich zu drehen. Röthlisberger wusste nicht, wie ihm geschah. Er sollte gefeuert werden? Er, der alles für die Bank getan hatte. Er, der gearbeitet hatte wie ein Besessener. Ihm war es zu verdanken, dass Millionen an Boni ausbezahlt wurden, für Weber und Meister und den ganzen Vorstand. Er sollte für alle anderen in den Knast gehen?

»Das werde ich nicht zulassen. Das könnt ihr nicht tun. Ich habe Beweise. Sie, Meister, der Vorstand … Ihr alle werdet hinter Gittern landen!« Seine Stimme überschlug sich fast.

Weber griff in die Innentasche seines Jacketts und legte die Bilder wortlos auf den Schreibtisch. Es waren drei oder vier Fotos. Schwarz-weiß, ein wenig unscharf, aber trotzdem waren Röthlisberger und Irina sehr gut darauf zu erkennen. Und was die beiden trieben, war deutlich zu sehen.

Röthlisberger nahm die Bilder auf. Er fühlte ein dumpfes Pochen in seinen Schläfen. Unfähig, etwas zu sagen, starrte er die Bilder an. Webers Worte drangen wie durch einen dicken Vorhang zu ihm.

»Sie wollen doch nicht, dass diese Fotos in die Hände Ihrer hübschen Frau gelangen?«

Nein, das konnte nicht sein, er musste Weber überzeugen. Er drehte sich abrupt um, ging zur Tür, beugte sich über seine Sporttasche, der Reißverschluss ratschte, seine Hand griff hinein, er drehte sich zu Weber.

»Schauen Sie … hier … Ich wollte doch nur …«

Seine Worte klangen merkwürdig gurgelnd, denn sie erstickten in einem Schwall Blut.

Die erste Kugel hatte seinen Hals getroffen. Die linke Arterie und Teile des Muskelgewebes waren zerfetzt. Er fühlte keinen Schmerz. Fragend schaute er Weber an. Die SIG Sauer-Pistole in dessen Hand rauchte noch. Es roch beißend nach Pulver.

Röthlisberger stand einfach da. Das Blut spritzte im Herztakt pulsierend aus seinem Hals an die
Wand. Bei einer geöffneten Hauptschlagader kann
das Blut bis zu drei Meter weit spritzen. Röthlisberger fühlte nichts, der Einschlag des Geschosses, die
zerfetzte Arterie, die zerfetzten Muskeln, und dennoch: Kein Schmerzimpuls erreichte sein Gehirn –
als wäre nichts geschehen.

›Ich muss ihn überzeugen.‹ Das war sein einziger
Gedanke. Sein Oberkörper beugte sich ganz langsam, wie in Zeitlupe, erneut hinunter zur Sporttasche und hob sie hoch. Der zweite Schuss aus der
SIG Sauer traf seinen linken Arm. Die Wucht der
freigesetzten kinetischen Energie riss Röthlisberger
herum, sein Körper drehte sich in einer fast perfekten Pirouette um die eigene Achse – das Blut aus
der Halswunde spritzte durch den Raum und gro-
teskerweise musste Weber bei diesem Anblick an
einen Rasensprenger denken. Doch wie durch ein
Wunder fiel Röthlisberger nicht zu Boden, sondern
blieb nach dieser vollendeten Pirouette einfach stehen. Seine Hand hielt immer noch die Sporttasche
fest … Weber feuerte weitere sechs Mal in kurzer
Folge. Drei Kugeln verfehlten Röthlisberger und
blieben in der gegenüberliegenden Wand stecken,
zwei Geschosse bohrten sich in Röthlisbergers
Bauch, die letzte in seine Brust und riss ihn, als ob
ihn ein gigantischer Fausthieb getroffen hätte, von
den Beinen.

Weber stand immer noch hinter seinem Schreibtisch. Sein Arm mit der Pistole in der Hand war nach unten gesunken und zitterte leicht. Er hätte nicht sagen können, wie lange er so stand. Alles war jetzt ruhig. Er legte die Waffe auf den Schreibtisch, ging langsam um ihn herum zur Tür und beugte sich über Röthlisbergers leblosen Körper. Dann torkelte er zur Ecke, wo die Sporttasche lag, der Reißverschluss stand offen, Weber griff hinein ... Ein paar graue Stäbe aus mattem Metall, farbiger Stoff, eine Bauanleitung. Zwei kleine Indianerzelte sollten es werden. Aus dem Baumarkt. Als Geschenk für seine Töchter. Das war alles, was die Sporttasche enthielt. Röthlisbergers Entscheidung, an diesem Tag ein neues Leben zu beginnen – mit seiner Familie. Kein Amoklauf, kein Sturmgewehr, nichts von alledem.

Langsam dämmerte es Weber: Er hatte einen unbewaffneten Mann erschossen!

Das Summen des Telefons klang wie ein Schwarm Bienen in Webers Kopf.

»Kommen Sie unverzüglich in mein Büro, Weber.« Meisters Stimme klang bedrohlich, als er leise fortfuhr: »Ihr Protegé Röthlisberger scheint die Bank mit Ihrem Wissen ruiniert zu haben!«

Webers Stimme klang wie die eines Kindes, als er stammelte: »Röthlisberger ... ich ... ich habe ihn ...«

Der Telefonhörer fiel mit einem dumpfen Geräusch auf Webers Schreibtisch, genau neben die dort liegende SIG Sauer-Pistole.

Meister legte den Hörer auf, der Schuss hatte merkwürdig dumpf durch das Telefon geklungen. Er atmete kurz durch, dann hob er den Hörer erneut von der Gabel und wählte die Nummer seiner Büroleiterin. Seine Stimme klang wie immer sehr ruhig: »Benachrichtigen Sie die Polizei ... In der Bank wird geschossen.«

*

Die Schlagzeilen der Medien spiegelten, wie so oft, nur eine Teilsicht des Geschehenen wider. In der größten Tageszeitung des Landes äußerte sich Meister »entsetzt über die tragischen Vorkommnisse« und gab weiter zu Protokoll, »dass man an einer restlosen und raschen Aufklärung des Falles mitarbeiten würde. Der gesamte Vorstand der Bank verurteile dieses abscheuliche Verbrechen und Fehlverhalten einiger weniger Mitarbeiter, die das Vertrauen der Geschäftsleitung aufs Niederträchtigste missbraucht und die Bank of Switzerland beinahe in den Ruin getrieben hätten.«

Ein paar Tage später versicherte Meister auf einer landesweit beachteten Pressekonferenz, dass die Gefahr einer Insolvenz der Bank of Switzerland gebannt sei. Die Regierung habe Staatsgarantien ausgesprochen. Man werde fortan noch enger mit der Regierung und der Bankenaufsicht zusammenarbeiten, um solche Vorkommnisse künftig auszuschließen. Der Finanzminister, der neben Meister saß, nickte stumm.

Ein paar Wochen später wurden die Untersuchungen im Tötungsfall der Bank of Switzerland eingestellt. Die zwei Hauptschuldigen, Weber und Röthlisberger, konnten, da sie tot waren, nicht mehr zur Rechenschaft gezogen werden. Die Ermittler vermuteten, das Tötungsdelikt sei im Zusammenhang mit den eigenmächtigen und verbrecherischen Spekulationen der beiden Täter zu sehen. Ein Wirtschaftsjournalist nannte Weber und Röthlisberger in einem Artikel »skrupellose Terroristen«.

Kriminalhauptkommissar Huber, der den Fall weitergehend untersuchen wollte, weil er überzeugt war, dass »auch weitere Exponenten der Bank involviert sein könnten«, wie er in seinem Bericht an den Polizeipräsidenten schrieb, wurde in seinen wohlverdienten, wenn auch vorgezogenen Ruhestand geschickt.

*

Dicke Schneeflocken fielen aus den grauen Wolken und hüllten die Stadt in ein weißes Kleid. Er würde ein paar Tage auf die Bahamas fliegen. Das würde ihm nach der ganzen Aufregung bestimmt guttun.

Meister lehnte sich in seinem bequemen Sessel zurück, ließ den Blick über die Dächer der Stadt schweifen und ein Lächeln huschte über sein zufriedenes Gesicht.

Der größte Trick des Teufels ist es, die Welt glauben zu machen, es gäbe ihn nicht.

Sexsüchtig

Man kann sich auf sie verlassen. Wenn es hart auf hart kommt. Wenn es um die Wurst geht. Obschon ihnen ein gewisser Hang zur Skurrilität nachgesagt wird, sie oft borniert, gar starrköpfig sind und manch einer sie als arrogant empfindet – man kann sich auf sie verlassen.

Sie sollen viele Jahrhunderte, bevor Jesus Christus geboren wurde, aus dem fernen Phönizien, der Levante, auf die Insel gekommen sein. Ihr Mut war schon im Altertum legendär. Sie wurden damals, was heute undenkbar wäre, zur Belustigung und Unterhaltung in Schaukämpfen gegen viel größere und stärkere Gegner eingesetzt. Daher stammt auch ihr Name, wird vermutet. Sie waren so mutig, dass sie selbst mit gebrochenen Beinen weiter angriffen und kämpften.

Dem heutigen Schönheitsideal entsprechen sie kaum. Das Haar ist von feiner Struktur, kurz, dicht und glatt. Es kann auch gestromt, rot in allen Schattierungen, falb oder rehbraun sein, ebenso weiß und gescheckt, nur schwarz ist fast immer unerwünscht. Der Kopf ist im Verhältnis zum Körper mäßig groß, massig und hat eine kurze Schnauze. Auffällig sind die sehr breite Brust und das eher schmale Hinterteil. Die Ohren sind hoch angesetzt, stehen weit auseinander, hoch über den Augen, klein und dünn – sogenannte »Rosenohren«.

Ob es nun die Englische Bulldogge, von der hier die Rede ist, war, die ihre Eigenschaften auf die Briten übertrug, oder vice versa, ist nicht geklärt. Eines jedoch ist gewiss: Beide Spezies passen so gut zusammen, als hätte es das Universum schon von Anbeginn der Zeit so vorgesehen.

*

»Dame« Amanda Wilbourshire – den Adelstitel hatte sie von ihrem Vater geerbt – konnte als archetypische Engländerin in die Geschichte eingehen. Sie war ruhig, sprach bedacht, Leidenschaft war ihr fremd, und das oberste Gebot lautete, Haltung zu bewahren, koste es, was es wolle. Das hatte sie wie fast alle Engländer gehobener Gesellschaftsschicht von ihren Eltern, speziell von ihrem Vater eingetrichtert bekommen. Doch wie bei ihrer Englischen Bulldogge schlummerte in dieser Frau eine innere Leidenschaft, die man besser nicht entfachte.

Amanda Wilbourshire war – ebenfalls ihrer Bulldogge nicht ganz unähnlich – nicht das, was man als Schönheit bezeichnet: das Haar grau, kurz geschnitten und von feiner Struktur. Der Kopf im Verhältnis zum Körper ziemlich groß, zudem massig und mit hoch angesetzten Ohren über den rundlichen Augen. Dazu eine breite, eher formlose Statur, ein flacher Po. Das Ganze wurde getragen von zwei stämmigen, schneeweißen Beinen, die das ganze Jahr unter langen Röcken verborgen blieben, Tageslicht war ihnen fremd. Doch da es auf den Inseln der Briten das ungeschriebene Gesetz gibt, höflich zu sein, soll an dieser Stelle das Wort »rustikal« zur Beschreibung von Amandas Aussehen genügen.

Amanda hatte sich mit ihrem Leben arrangiert. Die Mutter war bereits im Kindbett gestorben. Der Vater war zeit seines Lebens im Dienste Ihrer Majestät, erst als Offizier im Zweiten Weltkrieg und später als »Berater mit Sonderbefugnissen« in den entferntesten Ländern dieser Erde tätig. Seine beiden Töchter hatte er immer dabei. Und – so sah es die Familientradition vor – eine Englische Bulldogge.

Also hatte auch Amanda einen solchen einzigen und »besten Freund«. Da ihr Vater selig unter anderem im englischen Afrikakorps und bei der Invasion in der Normandie gekämpft hatte und seinen damaligen obersten Kommandanten General Bernard Law Montgomery, wie alle Engländer zu dieser Zeit, wie einen Gott verehrte, gab Amanda ihrem Hund den Namen »General Montgomery«, in der Koseform »Monty«. So wie die Soldaten damals ihren geliebten General genannt hatten.

Sir Wilbourshire hatte, trotz oder gerade wegen seiner Militärkarriere und da er aus dem Adel stammte und gelernt hatte, dass man Titel und Besitz an die nächste Generation weitergab, das Familienvermögen deutlich vermehrt. Die Schwestern Amanda und Linda – Letztere hatte einen »gediegenen« Banker geheiratet und lebte mit ihm in der Schweiz – hatten bis an ihr Lebensende ausgesorgt. Im Gegensatz zu Linda wollte Amanda aber entweder einen schönen Mann heiraten oder ledig bleiben. Dass Ersteres so realistisch war wie die Konvertierung des Papstes zum Islam, wollte sie nicht wahrhaben.

Also lebte sie als alternde Jungfer – bis sie Karl Schönhuber begegnete.

Nomen est omen – Karl Schönhuber war das pure Gegenteil von Amanda Wilbourshire (und ihrer Bulldogge). Er war die Mensch gewordene Variante eines Deutschen Schäferhundes: kräftig und muskulös, ohne ein Gramm Fett, der Brustkorb breit und gut gewölbt, die Kopfform etwas keilförmig, die Kopfgröße in passendem Verhältnis zum restlichen Körper, die Stirn leicht gewölbt, der Nasenrücken gerade, die Lippen straff und dennoch sinnlich. Die dunklen Augen kontrastierten ideal zum mittellangen, blonden Kopfhaar. Kurzum: ein Prachtexemplar germanischer Fortpflanzung.

Leider war dies auch schon alles, was Karl Schönhuber zu bieten hatte. Preußische Tugenden wie Disziplin, Fleiß, Gehorsam oder Redlichkeit waren ihm

völlig fremd. Er wollte vor allem eines: ein gemüt-
liches Leben mit der größtmöglichen Freiheit ohne
Geldsorgen. Da er jedoch von der Natur auch nicht
mit dem brillantesten Intellekt ausgestattet worden
war, kam ihm die ältliche Britin gerade recht.

*

Die beiden begegneten sich bei einem der wenigen
gesellschaftlichen Anlässe, die Amanda Wilbourshire besuchte. Eine internationale Benefizgala für
behinderte Sportler, die in London stattfand. Nicht
weit also von Amandas Wohnsitz entfernt. Sie war
eine stille Förderin des Vereins, und wie jedes Jahr
wollte sie die Veranstaltung nach knapp einer Stunde verlassen, als sie im Getümmel mit Karl Rücken
gegen Rücken zusammenstieß. Der blonde Hüne
bewahrte die strauchelnde Britin vor einem Sturz,
indem er mit seiner rechten Hand ihren Rücken ab-
stützte und Amanda mit der linken an deren rechten Schulter festhielt.

»Pardon, Madame, verzeihen Sie meine Tollpat-
schigkeit.«

Sein starker deutscher Akzent drang in Amandas
Gehörgänge, ein Blick in die dunklen Augen ihres
Gegenübers, die lächelnden, ach so sinnlichen Lip-
pen, die starken Hände an ihrem Körper – Amors
Pfeil hatte das erste Mal in ihrem Leben direkt in
ihr Herz getroffen. Amanda war im Paradies.

»Dieser deutsche Beau ist doch nur auf dein Geld aus, Amanda.«

Amanda ignorierte die eindringlichen Warnungen ihrer Schwester. Sie war überzeugt, dass Karl sie wahrlich liebte und ihre Schwester nur neidisch sei. Denn deren Mann war alt, hässlich und als Banker zudem geizig.

Amanda sah in Karl nicht nur einen äußerst schönen Mann, sondern einen Menschen, der außerordentlich aufrichtig war – Deutscher hin oder her. Hätte er ihr sonst noch vor der Hochzeit sein größtes Geheimnis gestanden? Sie saßen im Park des Anwesens, der Abend angenehm lau durch eine leichte Brise. Zögernd begann er: »Ich muss dir etwas beichten, Amanda. Vielleicht solltest du mich nicht heiraten.« Karl stockte, sein Blick ging zu Boden. »Ich bin … Ich bin impotent.« Und er erzählte seiner Verlobten seine tragische Geschichte. Ein schwerer Unfall in seiner Jugend habe dies verschuldet. Er sei schon bei den renommiertesten Ärzten Deutschlands gewesen, sogar in den USA. Alles vergebens. Auch Viagra und andere Medikamente hatten nicht geholfen. Mittlerweile habe er sich damit abgefunden und suche wahre Liebe, nicht mehr und nicht weniger.

Amanda war hingerissen von so viel Ehrlichkeit und Mut. Sie glaubte ihm und heiratete ihn trotzdem – oder vielleicht gerade deswegen. Sie brauchte keinen Sex, sondern einen fürsorglichen Mann an ihrer Seite, der sie von etwas träumen ließ, das sie nicht hätte benennen können. Vielleicht der Wunsch, Karls Schönheit möge ein klein wenig auch auf sie abfärben?

*

Es kam, wie es kommen musste, und wie ein jeder, im Besonderen ihre Schwester Linda, es vorausgesagt hatte: Schon bald nach der Hochzeit war Karl ständig auf Geschäftsreisen. Sein Beruf als Fußballscout sei nun einmal so, argumentierte er. Dass er kaum Geld verdiente und sich reichlich an Amandas Vermögen gütlich tat, begründete er mit einer simplen These:

»Ich baue mein eigenes Business auf, meine Liebe. So etwas dauert nun einmal sehr lange.«

Doch schlecht benahm sich Karl gegenüber Amanda nicht. Ganz im Gegenteil. Die wenigen Tage pro Monat, an denen er zu Hause war, umsorgte er seine Gattin zärtlich und fürsorglich. Davon konnte manch eine Ehefrau nur träumen.

Amanda störte sich nicht daran, dass sie in getrennten Schlafzimmern, er im linken Flügel und sie im rechten, schliefen. Auch hierfür war seine Erklärung simpel:

»Ich schnarche ganz furchtbar, meine Geliebte. Es wäre nicht richtig, dir damit schlaflose Nächte zu bereiten.« Zudem reagierte Karl, so sagte er,

allergisch auf Hundehaar. Da Amandas geliebte
Bulldogge Monty im Schlafzimmer der Hausherrin
nächtigte, wollte Karl »den geliebten Hund nicht
von deiner Seite verdrängen«.

So verbrachte Amanda Wilbourshire wie vor ihrer Ehe die meiste Zeit des Jahres allein in ihrem
großen Haus. Außer den Angestellten, die tags-
über ihre Arbeit verrichteten, hatte sie nur General
Montgomery an ihrer Seite, der ihr auf Schritt und
Tritt folgte und ihr treu Gesellschaft leistete.

*

Vielleicht war es Fügung, vielleicht auch Zufall. Eines Tages, Karl war wieder einmal auf Geschäftsreise, benahm sich General Montgomery äußerst
merkwürdig. Den ganzen Tag hatte er Amanda
immer wieder mit der Schnauze angestupst. Am
Abend war er schließlich die Treppe zwischen den
zwei Flügeln hochgerannt und in Karls Schlafzimmer verschwunden. Offensichtlich hatte die Rei-
nigungskraft die Tür offen gelassen. Als Amanda
schwer atmend in dem Zimmer ankam, scharrte
General Montgomery an einer Stelle des Riemen-
parkettbodens in der linken Ecke.

Als Amanda näher trat, um Monty zur Vernunft
zu rufen, sah sie, dass sich eines der Parkettbretter
gelöst hatte. Amanda hob das Brett an. Darunter
befand sich zu ihrem Erstaunen ein kleiner Hohl-

raum und in dem Hohlraum eine Zigarrenkiste. Sie nahm sie heraus und öffnete sie. Präservative! Unzählige davon! Rote, blaue, goldene, mit und ohne Noppen, feucht und »flutschig«, so las sie angewidert auf einer Packung.

Amanda Wilbourshire tat das, was sie gelernt hatte: Sie bewahrte Haltung, legte die Zigarrenkiste zurück in den Hohlraum und das Brett darüber. Sie jammerte nicht, redete mit niemandem über ihren Fund, auch nicht mit ihrem Anwalt. Und als Karl von seiner Reise zurückkehrte, stellte sie ihn auch nicht zur Rede.

Stattdessen engagierte sie einen Privatdetektiv.

*

Zwei Monate später saß ein unscheinbarer Mann mittleren Alters in einem ebenso unscheinbaren grauen Anzug und einer mausgrauen Krawatte Amanda in ihrem Wohnzimmer gegenüber. Die Zusammenfassung seines Berichtes hatte der Privatdetektiv soeben beendet und fragte in gelassenem, neutralen Tonfall, wie ihn nur Briten beherrschen:

»Möchte sich Mylady die Aufnahmen wirklich ansehen? Ich würde unter den gegebenen Umständen davon abraten.«

Dass das »Subjekt«, wie er Karl nannte, ständig im Kasino spielte und »ausgiebig Damenbegleitung bei fast jeder seiner Auslandsreisen hatte«, war

Amanda sachlich und zurückhaltend bereits mitgeteilt worden.

Sie hatte während der Ausführungen mit regloser Miene zugehört. Nun zupfte sie sich ihr Kleid etwas zurecht und antwortete mit ruhiger Stimme:

»Zeigen Sie mir bitte die Aufnahmen.«

Als die ersten Sequenzen auf dem Notebook des Privatdetektivs namens James Hobart in Farbe, mit Ton und in bester Qualität zu sehen waren, konnte Amanda einen kurzen Laut des Erstaunens nicht zurückhalten.

»Das ist ja krankhaft. Haben Sie so etwas schon einmal gesehen?«, fragte sie mit einer Mischung aus Abscheu und Unglauben in der Stimme.

James Hobart hatte in seinem Leben schon so manche Schweinerei gesehen, die Männer und Frauen machen. Bis zu diesem Auftrag war er davon überzeugt gewesen zu wissen, wie groß ein erigierter Penis sein kann. Was er jedoch bei Karl Schönhuber gesehen hatte, belehrte ihn in jeder Hinsicht eines Besseren. So schüttelte er nur den Kopf, schwieg eine Weile und sagte dann:

»In der Tat muss ich Ihnen beipflichten. Man könnte diesem … ähm … Entschuldigen Sie das Wort … diesem Treiben durchaus die Attribute ›krankhaft‹ oder ›obszön‹ zuschreiben. Vielleicht möchten Mylady den Rest doch nicht sehen?«

Doch Mylady wollte sich alles ansehen, wie sie ihm beschied.

Dass ihr Mann Karl auf den Aufnahmen in wechselnden Hotelzimmern sich mit und an diversen Prostituierten gütlich tat, war schon schlimm genug. Noch schlimmer jedoch waren die Perversitäten, die er vollführte. Dinge, von denen Amanda bis zu diesem Zeitpunkt nicht gewusst hatte, dass Menschen in der Lage waren, sie zu tun. Was sie jedoch am meisten überraschte, war Karls Genital: Es war einfach riesig. Ein gigantisch großes, fleischfarbenes Organ durfte Karl Schönhuber, im wahrsten Sinne des Wortes, sein Eigen nennen. Dick, rosarot und ständig hart. Es sah aus wie eine Attrappe. Zudem schien er von einer Potenz getrieben zu sein, die jeden männlichen Pornostar dazu bringen könnte, umgehend seinen Beruf aufzugeben. Dazu kam, dass auf allen Aufnahmen unablässig Stöhnen, Seufzen, Lachen, Hecheln und Grunzen zu hören waren.

Amanda Wilbourshire hatte genug gesehen und wendete den Blick ab. Sie war sich unschlüssig, wie sie reagieren sollte. Offensichtlich war Karl nie im Leben impotent gewesen – ganz im Gegenteil. Sie könnte sich scheiden lassen. Er würde keinen Penny erhalten, denn sie war trotz aller Verliebtheit clever genug gewesen, Gütertrennung zu vereinbaren. Aber den Rest ihres Lebens allein verbringen, wollte sie nun auch wieder nicht.

Noch in ihre Gedanken versunken, hörte sie plötzlich eine Stimme: »Herrgott, du perverses

Schwein, jetzt ist aber genug! Du kriegst wohl bei deiner Frau überhaupt keinen Sex.«

Ein Lachen war zu hören, dann Karls Stimme: »Sex mit meiner Alten? Pfui Deibel, die hässliche Schachtel würde ich nicht mal mit einer Feuerzange anfassen.« Wieder war Lachen zu hören, dann ging es mit dem Gestöhne weiter.

Karl war krank! Dieser Gedanke setzte sich bei Amanda unwiderruflich fest. Ja, ihr Mann war ein Sklave seiner Sucht – seiner Sexsucht. Eine Krankheit wie jede andere auch, davon war Amanda jetzt überzeugt.

Nun wusste Amanda, was zu tun war. Sie würde sich nicht scheiden lassen, sondern sie würde Karl heilen lassen. Und sie wusste auch schon, wer der Einzige war, der für die Aufgabe, ihren Ehemann von dessen Obsession zu befreien, infrage kam.

»Löschen Sie alle Aufnahmen und vernichten Sie die Berichte. Ich danke Ihnen für die gute Arbeit.«

Privatdetektiv Hobart glaubte, sich verhört zu haben. Dann sah er Amandas entschlossenen Blick und antwortete:

»Sehr wohl, Mylady.«

»Eine letzte Bitte habe ich noch, Mister Hobart.«

Als der Privatdetektiv gegangen war, rief Amanda ihre Schwester Linda in der Schweiz an. Danach zog sie ihren Regenmantel über und bestellte ein Taxi in

die City. An der Brompton Road stieg sie aus – beim
Kaufhaus Harrods kann man fast alles kaufen, was
es auf der Welt zu kaufen gibt.

*

Drei Monate waren ins Land gezogen. Amanda hatte geübt und trainiert. Jeden Tag. Nun stand Weihnachten vor der Tür. Karl würde kommen und die
Festtage zu Hause mit »meiner geliebten Frau verbringen«, wie er am Telefon gesäuselt hatte.

»Das ist schön, mein Lieber«, hatte Amanda kühl
geantwortet.

An diesem Abend war es kalt. Karl war gerade
eingetroffen und in seinem Flügel verschwunden,
um heiß zu duschen. Amanda saß am Kaminfeuer
in ihrem Lieblingssessel. General Montgomery lag
zu ihren Füßen und döste.

Ein schneller Blick auf die große Pendeluhr. In
dieser Hinsicht war Karl sehr deutsch und sehr zu-
verlässig – er benötigte fast auf die Minute genau
eine Stunde und zehn Minuten im Bad, bevor er,
immer nackt, vom Badezimmer in sein Schlafzimmer ging, um sich anzuziehen. Die versteckten Kameras, die Privatdetective Hobart vor drei Monaten in Karls Flügel angebracht hatte, leisteten gute
Dienste.

Jeden Tag hatte sie mit dem Hund das Timing
geübt und trainiert.

Amanda tippte mit dem Fuß sachte General Montgomery in die Seite und befahl: »Monty! Hol sie dir!«

In den alten Schriften heißt es über den Charakter von Englischen Bulldoggen: »In gewisser Weise sind sie gutmütig, ein gewisses Phlegma ist ihnen nicht abzusprechen, beides jedoch nur so lange, als sich nichts ereignet oder ihnen begegnet, was ihre schlummernde Leidenschaft auslöst. Wenn diese erst einmal geweckt ist, entfaltet sich ein Ausbruch ungeheurer Beharrlichkeit, ebenso ihres Willens, einen einmal gefassten Entschluss nicht mehr umzustoßen und diesen mit einer fast unheimlichen Zielstrebigkeit umzusetzen.«

Kaum hatte Monty den Befehl gehört, sprang er auf und eilte hechelnd, knurrend und mit gefletschten Zähnen die Treppe hoch.

Er wusste, was dort oben auf ihn wartete!

Das Frischhaltepaket, das ihre Schwester jede Woche aus der Schweiz geschickt hatte, war nicht dazu gedacht gewesen, Amandas Appetit nach »diesen köstlichen Schweizer Riesencervelats, die man in London nicht bekommt«, zu stillen. Diese Schweizer Spezialität, eine Brühwurst, entsprach in Größe, Form und Farbe etwa dem, was Karl, in nicht erigiertem Zustand, zwischen den Beinen baumelte.

Und an der Schaufensterpuppe, die Amanda vor drei Monaten bei Harrods gekauft hatte, hatte sie jeden Tag einen der Cervelats mit einer Schnur befestigt – zwischen den Beinen, selbstredend, und Monty daran »üben« lassen.

Als Amanda Wilbourshire nur wenige Sekunden später Karl Schönhubers markerschütternden Schrei hörte, stand sie auf und ging gelassen zum Telefon, um die Notrufnummer der Ambulanz zu wählen. Sie wollte Karl schließlich nicht verbluten lassen. Ihr ging es um einen treu ergebenen Ehemann ohne Lug und Betrug. Sie war sich absolut sicher, dass Karl es als »Befreiung« sehen würde, von seiner Obsession erlöst zu sein und nicht mehr von seinem Penis »abhängig und getrieben«, und ab jetzt ein perfekter Ehemann für Amanda wäre.

Dem Hund war es einerlei, ob es eine Schaufensterpuppe mit einer daran befestigten Riesencervelat war oder Karl Schönhubers Genital – Montys Devise lautete: »Wurst ist Wurst.«

Geburtsfehler

Die Unterlagen auf seinem Schreibtisch waren hochgeheim, nur zwei Menschen hatten sie je zu Gesicht bekommen – der eine war er selbst und der andere bereits tot.

Liebermann hatte sich entschieden, gleich am nächsten Morgen die Unterlagen nach Berlin ins Kanzleramt zu schicken, denn er wollte nicht als Monster in die Geschichte der Menschheit eingehen.

Seine kräftige Hand ruhte auf der Aktenmappe, als könne er mittels Magie rückgängig machen, was dort drin dokumentiert war. Einen kurzen Augenblick wünschte er sich tatsächlich, es wäre möglich; seine schmalen, wohlgebräunten Finger klopften im Takt auf die Mappe. Nein, ungeschehen konnte er es nicht machen, das war ihm bewusst – aber er konnte es an die Öffentlichkeit bringen und so das Schlimmste noch verhindern. Sein Leben würde dadurch zerstört werden, das seiner Familie möglicherweise auch.

Würde Ingrid ihn deswegen verlassen? Er musste sich eingestehen, es nicht zu wissen. Obwohl sie seit fünfundzwanzig Jahren glücklich verheiratet waren und immer noch fast jeden Abend zusammen aßen oder, wenn er auf Geschäftsreise war, zumindest telefonierten, wusste er nicht, wie sie reagieren würde, wenn er das, was in den Unterlagen stand, publik machte.

Eines jedoch wusste er ganz genau: Mit der Veröffentlichung würde der Konzern in den Ruin getrieben werden, Tausende Arbeitsplätze verloren gehen, möglicherweise könnte dies sogar eine nationale Krise auslösen.

Er atmete tief durch.

Vielleicht hätte es vermieden werden können, das Schlimmste zumindest. Ja, vor sechs Jahren wäre der Konzern vielleicht noch zu retten gewesen, als Brzeszański ihm, genau in diesem Büro, seine Untersuchungsergebnisse präsentiert hatte. Hätte er, Liebermann, damals erst ein paar Monate als Vorstandsvorsitzender im Amt, richtig und konsequent gehandelt …

Erneut atmete er tief durch.

Tja, die Vergangenheit konnte er nun nicht mehr ändern – die Zukunft aber schon.

Mit einem tiefen Seufzer stand er auf, ging zum Wandtresor und schloss die Aktenmappe ein. Sein persönlicher Vorstandstresor. Spezialanfertigung. Deutsche Wertarbeit fürwahr, ein gewaltsamer Zugriff war ausgeschlossen, denn der Tresor besaß eine Innenraumzerstörungsfunktion, die, sollte jemand versuchen, den Tresor gewaltsam zu öffnen, sich selbst aktivierte und den Innenraum binnen Sekunden mittels einer Kombination von Säure und Hitze zerstörte. Ein ähnliches Prinzip, wie es in Hochtemperaturöfen angewandt wird. Der Tresor war nur mittels einer Chipkarte, die Liebermann immer bei sich trug, und eines zusätzlichen Codes zu öffnen. Der Code und ein weiterer Chip waren beim Sicherheitsdienst der Firma hinterlegt und erst bei einem akuten Notfall, falls zum Beispiel Liebermann etwas zustoßen sollte, seinem gewählten Nachfolger, also dem neuen Vorstandsvorsitzenden, auszuhändigen.

Sein Blick schweifte über die Fensterfront. Aus dem achtzehnten Stock der Konzernzentrale hatte man einen sensationellen Blick auf München und die weitere Umgebung.

Es war elf Uhr fünfundzwanzig. Zeit für sein tägliches Joggingprogramm, das er seit vielen Jahren regelmäßig absolvierte. Er ging in das Nebenzimmer, zog seinen Jogginganzug und seine Laufschuhe an, dann fuhr er mit dem Aufzug in die Tiefgarage, wo sein Wagen stand.

Solange der Druck im Normbereich bleibt, ist ein Bersten der dreiwandigen Ummantelung praktisch ausgeschlossen.

*

Die Hochdruckleitungen und Ventile der primären und sekundären Kühlkreisläufe sind die wohl vitalsten Bestandteile für den sicheren Betrieb eines

Atommeilers. Sie gewähren eine verlässliche Kühlung des Reaktorkerns und bewirken, im Zusammenspiel mit den Steuerstäben, die in den gebündelten Kern der Brennstäbe eingefahren werden, bei einem Störfall die reibungslose Notabschaltung. Über dreihundert Grad heiß ist das Wasser, das im Primärkreislauf eines Atommeilers den Kern des Reaktors abkühlt und ihn so unter Kontrolle hält. Das in flüssigem Zustand zirkulierende, komprimierte Wasser erzeugt einen unglaublichen Druck auf die Leitungsummantelungen und ist zudem hochgradig radioaktiv.

Ein Atomkraftwerk ist ein technisches Wunderwerk. Dass es dem Menschen gelungen ist, die Energie der Atome zu zähmen und dieselbe nukleare Kettenreaktion, die bei einer Atom- oder Wasserstoffbombe unkontrolliert abläuft und ganze Landstriche, Städte oder sogar die ganze Erde unbewohnbar machen kann, so zu bändigen, um dieser Urkraft der Atome eine kontrollierte Reaktion abzugewinnen und dadurch nahezu unbeschränkt Strom zu erzeugen, ist eines der wahren Wunder menschlichen Forscher- und Erfindungsgeistes.

*

Er liebte es zu joggen. Dabei konnte er am besten entspannen und gleichzeitig nachdenken. In letzter Zeit hatte er oft über sich und sein Leben nachgedacht. Und wie es ihm eigen war, hatte er dies logisch und konsequent getan, denn Dr. Karl Liebermann war Ingenieur durch und durch.

Wie alle, die ganz nach oben wollen, war er sein Leben lang absolut hart im Nehmen gewesen, unerbittlich in der Sache, ultimativ und zielstrebig auf seinen persönlichen Erfolg bedacht. So hatte er die Karriereleiter Stufe um Stufe erklommen. Nicht dass er ein schlechter Mensch gewesen wäre, nein, er glaubte an das System, an ein System, in dem man, will man Erfolg haben, alles andere in den Hintergrund zu stellen hat. Das Credo, dass Unternehmen Arbeitsplätze schaffen, das Wertesystem der Marktwirtschaft – all dies entsprach seiner tiefen Überzeugung.

Er war katholisch erzogen worden, aber im Laufe der Jahre war sein Glaube an Gott oder eine höhere Macht, die alles steuern solle, immer mehr geschwunden, denn je älter er wurde, desto unwahrscheinlicher schien ihm dies alles. Irgendwann kam er zur Überzeugung – die er jedoch so öffentlich nicht kundtat –, dass es keinen eigentlichen Sinn des Lebens gäbe und schon gar kein Paradies – und eine Hölle auch nicht. Jeder hatte seinem Leben einen eigenen Sinn zu geben, das schien Liebermann die vernünftigste aller Einstellungen, und er war, insgeheim, mit Nietzsche einig, dass eine sinnvolle und erfüllende Arbeit und etwas Musik die wohl besten Sinnspender sind, die man sich vorstellen kann und auch braucht.

Vor ein paar Wochen war er fünfundfünfzig Jahre alt geworden. Im Großen und Ganzen war er bis dato sehr zufrieden mit sich und seinem Leben gewesen; er war groß gewachsen, schlank und durchtrainiert. Seine früher blonden Haare waren nun silbergrau, was ihm eine attraktive Reife verlieh. Er war seit Jahrzehnten mit derselben Frau verheiratet. Einst war sie schön gewesen und jetzt eine Dame. Ihre Ehe war kinderlos geblieben, doch sie waren immer noch zusammen und verstanden sich ausgezeichnet.

Wie viele attraktive und mächtige Männer in seinem Alter mochte er junge Frauen, nicht *so* sehr jedoch, als dass er seine eigene dafür verlassen hätte. Zweimal nur in seinem Leben hatte er kurze Affären, einmal mit einer Sekretärin und das andere Mal mit einer jungen Mitarbeiterin der Marketingabteilung. Das lag nun schon Jahre zurück und heute war er froh, dass er in beiden Fällen eigentlich nichts anderes als eine kurze sexuelle Befriedigung empfunden und daher auch keine größere Dummheit begangen hatte.

Er war kerngesund, rauchte nicht, trank sehr maßvoll und ging einmal im Jahr zum kompletten medizinischen Check-up. Vor ein paar Tagen erst waren er und seine Frau von ihrer ersten Kreuzfahrt zurückgekehrt.

Technik und Technologie hatten ihn schon von Kindesbeinen an fasziniert. So war es eine logische

Konsequenz für Liebermann, Ingenieurwissen-
schaften zu studieren und auch zu promovieren.
Seitdem arbeitete er im selben Konzern, inzwischen
seit mehr als dreißig Jahren. Mit Ausdauer und Fleiß
hatte er sich bis an die Konzernspitze hochgearbei-
tet und war vor beinahe sieben Jahren Vorstandsvorsitzender einer der angesehensten, international
tätigen Industriekonzerne Deutschlands geworden.

Seinen Wagen hatte er auf dem kaum einzusehen-
den Parkplatz am Waldrand abgestellt. Er machte
erst ein paar Dehnübungen und begann dann zu
laufen. Leichtfüßig und routiniert startete er seinen
üblichen Parcours mit einer Warmlaufphase, seine
Schritte klangen sanft gedämpft auf dem weichen
Waldboden.
    Er genoss es, hier um diese Zeit zu joggen – kein
Mensch weit und breit.

*Die Risse in der ersten der Ummantelungsschichten,
der Tunica intima, sind mikroskopisch fein und halten auch einer etwas ansteigenden Druckbelastung fast
immer stand.*

*

Das Prinzip eines Atomkraftwerkes ist, einfach
ausgedrückt, die Verwirklichung und Umsetzung
Albert Einsteins berühmter Gleichung $E = mc^2$. Sie
besagt, dass Masse und Energie in einer definier-

ten Äquivalenz zueinander stehen. Kombiniert man diese Erkenntnis mit dem berühmten ersten Gesetz (oder Lehrsatz) der Thermodynamik, wonach Energie und Materie nie zerstört, sondern nur umgewandelt werden können, hat man sozusagen die Blaupause eines Atomkraftwerkes. Diese Logik hat sich der Mensch zunutze gemacht, um durch die Kernspaltung praktisch grenzenlos Energie erzeugen zu können.

Dasselbe Prinzip, dort allerdings in einer unkontrollierten Kettenreaktion, gilt auch für alle Nuklearwaffen.

*

Liebermann durchdachte stets alles logisch. War sein Schritt konsequent? War seine Entscheidung richtig, basierte sie auf Fakten? Handelte er unbedacht oder voreilig? Dies waren die Fragen, die ihm durch den Kopf gingen, während seine Beine in regelmäßigem Takt seinen Körper über den Waldboden trugen. Sein Atem ging etwas schneller, aber gleichmäßig.

Wie war seine Entscheidung zustande gekommen, fragte sich Liebermann in einem lautlosen Dialog mit sich selbst. War es das Gespräch seinerzeit mit Brzeszański, das ihn nach vielen Jahren eingeholt hatte?

Er erinnerte sich noch auf den Tag genau daran, wie Pawel in seinem Vorstandsbüro saß. Sie kannten sich zwar schon seit Jahren, siezten sich aber immer noch. Brzeszański hatte ihm nahegelegt, ihn dennoch beim Vornamen zu nennen, da sein polnischer Nachname praktisch unaussprechlich für einen Deutschen war.

Pawel Tadeúsz Brzeszański, gebürtiger Pole, Professor mit zweifachem Doktortitel, wohl einer der genialsten Metallurgen dieser Welt und seines Zeichens Chefwissenschaftler der Sparte Röhren und Metalle, erhob sich zu seiner vollen Größe, die selbst Liebermann um ein paar Zentimeter überragte, kratzte sich lange an seinem Vollbart, wie er es stets tat, wenn ihn etwas beschäftige oder irritierte.

»Herr Liebermann, die Rohre haben ein Geburtsgebrechen.« Pawels sonore Stimme hätte es auch mit Leichtigkeit als Tenor in ein Opernhaus geschafft. Er war ein förmlicher Mann, war unter dem Kommunismus aufgewachsen, hatte in Moskau studiert und nie hätte er es gewagt, Liebermann mit Vornamen anzusprechen oder ihn gar zu duzen, obwohl dieser es ihm schon x-mal angeboten hatte.

»Ein was? Wie soll ich das nun wieder verstehen, Pawel?«

»Sie könnten bersten. Und die Ventile auch.« Brzeszański kratze sich immer noch am Bart, als er fortfuhr: »Wie ich schon sagte, unter gewissen Bedingungen …«

»Was? Sie selbst haben doch diese Rohre konstruiert. Sie, Pawel, haben gesagt, dass es die besten überhaupt seien. Sie haben doch gesagt, dass selbst die Natur sie nicht besser hätte machen können.«

»Ja, schon … Wissen Sie, Herr Liebermann, ich habe erneute Stresstests gemacht und …«

»Ja, und?«

»Und? Nichts ist perfekt, Herr Liebermann, selbst meine Rohre nicht – wie ich nun feststellen musste.«

»Sie hatten uns allen, mir und dem Vorstand, doch damals erklärt, dass diese neue Konstruktion genial, weil von der Natur abgeschaut, sei. Sie, Pawel, hatten doch damals sogar das Beispiel … Na, was war es gewesen, was Sie als Vergleich …«

»Die menschliche Aorta.«

»Genau, die Aorta. Sie sagten, Sie hätten die Konstruktion der Rohre ähnlich wie die einer Aorta aufgebaut. Einfach und genial.«

»Das stimmt schon …«, er machte eine kurze Pause, schien nach Worten zu ringen, »aber jetzt habe ich ein … na ja, wie soll ich es nennen …?«

»Na, spucken Sie es schon aus, Pawel!«

»Herrgott, Herr Liebermann, ich kann es nicht anders erklären. Die Rohre und Ventile haben ein potenzielles Problem. Und das Schlimmste daran ist, dass man es nicht entdecken kann im Betrieb. Wie beim Menschen – ein quasi angeborener Fehler.«

Liebermann war aufgesprungen.

»Wissen Sie überhaupt, was das heißt?«

Brzeszański ließ sich schwer in den Sessel fallen, er hatte nun endlich seine Hand aus dem Bart genommen, seine Stimme klang belegt:

»Ja, ich weiß, was das heißt. Wir müssen alle schon verbauten Rohre und Ventile austauschen.«

Liebermann hätte die Wand hochgehen können. ›Typisch Wissenschaftler!‹, dachte er.

»Austausch sämtlicher Rohre und Ventile bedeutet die Stilllegung aller von uns belieferten Kraftwerke … und das für Monate, Pawel!« Seine Stimme überschlug sich fast: »Können Sie sich vorstellen, was das kosten würde? Das würde uns in den Ruin treiben. Ganz abgesehen von den möglichen Schadenersatzforderungen«. Er atmete tief durch, schon der Gedanke daran raubte ihm den Atem. Er schloss die Augen, versuchte sich zu beruhigen, wartete ab, bis das beengende Gefühl in seiner Brust sich gelegt hatte.

Fast alle Kernkraftwerke in Deutschland und Europa waren mit diesen Rohren und Ventilen ausgerüstet worden. Die meisten dieser Atomkraftwerke wurden nach der Inbetriebnahme von seinem Konzern mit den neuen Rohren und Ventilen beliefert und nach und nach, immer wenn eine Generalrevision ausgeführt wurde, nachgerüstet.

Liebermanns Konzern hatte die Betreiber damals ohne Probleme von der revolutionären Technik der neuen Rohre und Ventile überzeugen können, deutsche Wertarbeit in Vollendung. Sie würden die neu aus- und nachgerüsteten Reaktoren zu den sichersten der Welt machen. Mit diesem Argument hatten sie damals alle überzeugt.

Das beklemmende Gefühl in Liebermanns Brust legte sich, er wischte sich den Schweiß mit einem Taschentuch von der Stirn und beugte sich zu Brzeszański vor. Wie hoch die Eintrittswahrscheinlichkeit für einen Schaden denn sei? Eins zu etwa dreihunderttausend, hatte Pawel geantwortet. Das sei doch praktisch gleich Null. Nein, das sei es eben nicht, insistierte Brzeszański, eine Naturkatastrophe, eine Flutwelle, ein Erdbeben, ein Flugzeugabsturz oder gar ein terroristischer Anschlag würden diese Wahrscheinlichkeit erheblich steigern, und da sei menschliches Versagen wie in Tschernobyl gänzlich ausgeschlossen, wie er düster anmerkte.

Erneut stellte sich dieses beklemmende Gefühl in Liebermanns Brust ein. Es gäbe in Deutschland keine Flutwellen, Erdbeben auch kaum, Herrgott, das sei doch alles schiere Theorie, Sandkastenrechnungsspiele, er, Liebermann, habe einen Konzern zu führen und jedes Geschäft berge nun mal seine Risiken. Er stand auf, ging zum Aktenschrank und nahm einen Ordner in die Hand, setzte sich wieder an seinen Schreibtisch, schlug den Ordner an einer bestimmten Stelle auf und las laut vor:

BVerfGE, Band 49, Seite 89 ff.

Leitsatz 6: Vom Gesetzgeber im Hinblick auf seine Schutzpflicht eine Regelung zu

FORDERN, DIE MIT ABSOLUTER SICHERHEIT GRUND-
RECHTSGEFÄHRDUNGEN AUSSCHLIESST, DIE AUS DER
ZULASSUNG TECHNISCHER ANLAGEN UND IHREM
BETRIEB MÖGLICHERWEISE ENTSTEHEN KÖNNEN,
HIESSE DIE GRENZEN MENSCHLICHEN ERKENNT-
NISVERMÖGENS VERKENNEN UND WÜRDE WEITHIN
JEDE STAATLICHE ZULASSUNG DER NUTZUNG VON
TECHNIK VERBANNEN. FÜR DIE GESTALTUNG DER
SOZIALORDNUNG MUSS ES INSOWEIT BEI ABSCHÄT-
ZUNGEN ANHAND PRAKTISCHER VERNUNFT BEWEN-
DET WERDEN. UNGEWISSHEITEN JENSEITS DIESER
SCHWELLE PRAKTISCHER VERNUNFT SIND UNENT-
RINNBAR UND INSOFERN ALS SOZIALADÄQUATE LAS-
TEN VON ALLEN BÜRGERN ZU TRAGEN.

Er klappte den Ordner zu, schlug mit der Faust
auf den Deckel und sagte:

»Sie haben es gehört Pawel, hier steht es schwarz
auf weiß, im Kalkar-Urteil vom 8. August 1978 entschied das Bundesverfassungsgericht, dass die Be-
völkerung mit der Nutzung der Atomenergie ein
›Restrisiko‹ als sozialadäquate Last zu tragen habe.
Das Gericht sprach von ›hypothetischen Risiken,
die nach dem Stand der Wissenschaft unbekannt,
aber nicht auszuschließen‹ seien. Das Restrisiko ist
demnach vernachlässigbar – oder eben tragbar«,
schloss Liebermann.

Brzeszański wollte protestieren, doch Liebermann
winkte ab. Er versprach, sich die Sache zu überlegen.
Derweil sollte Brzeszański neue Test- und Messrei-

hen vorbereiten, man könne so eine Entscheidung nicht überstürzen.

Pawel starb drei Monate später bei einem Autounfall. Er liebte die Geschwindigkeit, vielleicht seine Art, sich frei zu fühlen nach all den Jahren, die er unter der kommunistischen Zwangsherrschaft gelebt hatte. Auf jeden Fall wurde ihm das Motto »freie Fahrt für freie Bürger« auf der Autobahn zum Verhängnis.

Für Liebermann ›eine glückliche Fügung des Schicksals‹, wie er damals dankbar dachte – heute schämte er sich dafür, dass er auf solch einen infamen Gedanken hatte kommen können.

Liebermann verschärfte sein Tempo, leichter Regen hatte eingesetzt, doch das störte ihn überhaupt nicht, er fühlte sich so wohl wie kaum je zuvor, denn er hatte die richtige Entscheidung getroffen – da war er sich sicher.

Er erhöhte langsam, aber stetig sein Tempo weiter. Er spürte, wie die frische Luft seine Lunge im Rhythmus des Atems füllte, seine federnden Schritte erzeugten einen regelmäßigen Takt.

Die ersten Anzeichen einer Ruptur entstehen in der mittleren Ummantelungsschicht, der Tunica media. Diese bleiben meist unbemerkt, weil solch ein Defekt im Normalfall sehr unwahrscheinlich ist. Das

Schlimmste wäre in diesem Moment noch zu vermeiden, jedoch nur, wenn der Druck nicht weiter ansteigt.

*

›Dieser lustige italienische Professor, den er vor drei Monaten, kurz vor Weihnachten, auf dem Kongress für angewandte Wissenschaft getroffen hatte: War er der Auslöser für seine Entscheidung gewesen?‹, überlegte Liebermann, während er nun mit noch höherer Geschwindigkeit durch den Wald lief.

Ein kleiner, quirliger Roberto-Benigni-Typ, der andauernd Späße riss, Faxen machte und mit der Geschwindigkeit eines Maschinengewehrs in radebrechendem Englisch sprach – obwohl er zwei Jahre lang Gastprofessor am Massachusetts Institute of Technology in Boston gewesen sei, wie er selbst bekundet hatte. Liebermann – optisch und charakterlich das genau Gegenteil des Professore Giovanni di Castelforte, wie dieser sich vorgestellt und augenzwinkernd angefügt hatte: »Aber nennen Sie mich John, das ist einfacher!« –, kam im Laufe des Abends ins Gespräch mit ihm, und es stellte sich heraus, dass der vermeintliche Clown, wie ihn Liebermann etwas herablassend in Gedanken eingestuft hatte, eine Koryphäe auf dem Gebiet der Vulkanologie war, wenn auch in Fachkreisen wohl nicht ganz unumstritten. Liebermann hätte diesem Umstand kaum Bedeutung zugemessen, doch der Professore war eine absolut faszinierende Persönlichkeit und konnte pausenlos die witzigsten Geschichten und Anekdoten zum Besten geben.

Spätabends standen Liebermann und Professore John als Letzte an der Bar, und das Gespräch drehte sich, wie konnte es anders sein, um des Professores Fachgebiet.

»Wissen Sie, Dottore Carlo…« (Liebermann hatte zwar mehrmals an diesem Abend angeboten, man solle sich doch gegenseitig Kollege nennen oder alternativ beim förmlichen Herr mit Nachnamen bleiben, doch der Professore schien eine eigene Auffassung von Anreden zu haben und nannte Liebermann hartnäckig entweder Dottore Carlo oder auch nur Carlo.) Er legte eine Kunstpause ein, bevor er weitersprach: »Wissen Sie, dass ich eine ganz eigene Theorie über den Zusammenhang von Vulkanen und tektonischen Platten entwickelt habe, Carlo?« Bevor Liebermann irgendetwas erwidern konnte, sprach der kleine Professore auch schon weiter: »Also, um es präzise auszudrücken, ich habe einen Zusammenhang zwischen vulkanischen Aktivitäten und der Verschiebung der Kontinentalplatten erkannt.«

Er grinste über das ganze Gesicht, sah Liebermann an, als erwarte er einen Applaus oder gar eine Ehrenmedaille für seine eben gemachte Aussage. Liebermann kannte sich weder mit Vulkanen noch mit tektonischen Erdplatten aus, es fiel ihm also nichts Besseres ein, als mit schmalen Lippen höflich zu lächeln. Der Professore freute sich wie ein Kind, legte Liebermann, der ihn um eine Hauptteslänge überragte, den ausgestreckten Arm auf die Schulter und flüsterte: »Meine Messungen und Berechnungen auf dem Ätna und dem Vesuv haben ergeben, dass wir schon bald mit massiven Erdbeben rechnen müssen … Hier in Europa.«

»Ach ja?« Mehr brachte Liebermann nicht über die Lippen.

Der Professore zog Liebermann mit erstaunlicher Kraft zu sich hinunter und sagte noch leiser als zuvor: »Das ist aber noch geheim und nicht bewiesen. Ich werde noch ein paar Jahre brauchen, um alle Fakten unwiderlegbar und wasserdicht zu einer genauen Formel zusammenzubringen.«

»Und dann?« Wieder fiel Liebermann keine bessere Frage ein, doch den Professore schien das nicht im Geringsten zu stören, denn er fuhr, weiterhin flüsternd, fort:

»Dann werde ich den Nobelpreis erhalten.« Er grinste wieder wie ein schelmischer Knabe. »Ja, für ein fast hundertprozentiges Vorhersagesystem für Erdbeben.«

Jetzt dämmerte Liebermann, dass dieser Professore in der Tat eine bahnbrechende Entdeckung gemacht haben könnte.

»Und wann werden Sie so weit sein, John?«

»Das weiß ich noch nicht … Ich muss das nächste Beben abwarten.«

Liebermann war einen Augenblick zu verblüfft, um nachzufragen, doch der quirlige Professore redete auch schon wieder weiter:

»Na ja, ohne ein echtes Beben bleibt alles eine Theorie.«

Jetzt hatte er Liebermann wieder losgelassen, nahm sein Glas und trank einen Schluck Bier, wischte sich den Schaum von den Lippen und sagte nun in üblicher Zimmerlautstärke:

»Ich denke, es wird nicht so lange dauern, gemäß meinen Berechnungen sollte es in zwei bis drei Jahren so weit sein … Vielleicht auch früher.« Das erste Mal, seit Liebermann den Mann getroffen hatte an diesem Abend, schien dessen Stimme ein wenig bedrückt, als er anfügte: »Mitteleuropa … mhmm … Ja, ich denke, es wird wohl die Schweiz und Deutschland am stärksten treffen.«

*

Die Bäume zogen an ihm vorbei, er hatte nun fast sein Spitzentempo erreicht, seine Schritte schlugen flinken Taktes auf den Waldboden, er atmete schnell, aber regelmäßig, sein Herz schlug mit einhundertfünfzig Schlägen pro Minute, sein Blutdruck lag bei 170 zu 110 – Spitzenwerte, denen der menschliche Körper jedoch problemlos standzuhalten vermochte, da dafür von der Natur so konstruiert.

Steigt der Druck weiter an, kommt es zu einem Riss in der inneren Ummantelung. Durch diesen Riss entsteht ein künstlicher Raum, »falsches Lumen« genannt, in den die Flüssigkeit mit Hochdruck gepresst wird. Würde der Druck jetzt noch abfallen, wäre eine Katastrophe möglicherweise noch zu verhindern. Steigt der Druck zu diesem Zeitpunkt jedoch weiter an, weitet sich der Riss innerhalb von Sekunden rasant aus und bringt die äußerste Hülle, die Tunica adventitia, zum Bersten.

*

Eine Naturkatastrophe ungeahnten Ausmaßes kann ein ernsthaftes Problem für ein Atomkraftwerk bedeuten. Eine Kombination verschiedener Faktoren, die als unwahrscheinlich eingestuft und deswegen auch Restrisiko genannt wird, kann einen Super-GAU, das heißt, den absolut größten anzunehmenden Unfall auslösen. Würden die Rohre des primären Kühlkreislaufs bersten und gleichzeitig, ausgelöst durch ein Erdbeben zum Beispiel, die Kontrollstäbe der Schnellabschaltung solchermaßen beschädigt, dass diese nicht mehr in den Reaktorkern eingefahren werden können, fände eine unkontrollierte, irreversible Kernschmelze statt. Ein massiver Austritt von Radioaktivität wäre zudem wahrscheinlich. Im schlimmsten aller Fälle wäre auch ein massiver Austritt von Plutonium, einem der giftigsten Stoffe, die man kennt, zu erwarten. Die Halbwertszeit von Plutonium beträgt vierundzwanzigtausendeinhundertundzehn Jahre.

In dichten Ballungszentren wie Deutschland oder der Schweiz würden weite Teile des Landes unbewohnbar – dies über Hunderte von Generationen.

*

Es war keine Erleuchtung, sondern eine Abfolge logisch-konsequenter Gedanken. Kein persönlicher Schicksalsschlag wie der Verlust eines geliebten Menschen, keine göttliche Eingebung, auch keine spirituelle Erfahrung oder Intuition seiner Seele war es. Und niemand hätte ihm ins Gewissen zu reden brauchen, damit er seinen Entschluss fasste – nein, Karl Liebermann war schließlich ein rational denkender, deutscher Mann, ein Ingenieur, ein Unternehmenslenker, einer, dem plötzlich klar wurde, dass er – wie jeder Mensch – eine Verantwortung hatte.

Ihm wurde bewusst, dass er als Vorstandsvorsitzender seines Industriekonzerns nicht nur jene offizielle Verantwortung trug, die er bis jetzt immer und bestens wahrgenommen hatte, nein, was er zu verantworten hatte, reichte weit über die Profitmaximierung und die, wie er sich immer auch zu seiner inneren Beruhigung selbst eingeredet hatte, Sicherung und Schaffung von Arbeitsplätzen hinaus.

Er, Karl Liebermann, hatte eine Verantwortung gegenüber den kommenden Generationen!

Er würde so oder so sterben, wie alle Menschen, er würde keine unsterblichen Sonette und Verse wie ein Shakespeare hinterlassen, keine himmlische Musik von seiner Hand wie die eines Mozarts würde die Menschen auch in hundert Jahren noch erfreuen, keine Formel, von ihm gefunden oder erfunden, würden Schüler kommender Generationen mit Frust oder Freude – oder ein wenig von beidem – als die Liebermann-Formel auswendig lernen. Nein, all dies würde nicht sein.

Was jedoch Fakt wäre – wenn die Leitungen und Ventile, die sein Konzern an die Atommeiler geliefert hatte, bersten würden, wenn es zu einer bis dato nicht erahnten Katastrophe wie in Japan kommen und ein Erdbeben nie dagewesener Stärke Mitteleuropa treffen würde, wie es der Professore vorausgesagt hatte – würde eine Katastrophe apokalyptischen Ausmaßes eintreten.

Der Name Liebermann würde im selben Atemzug wie der Hitlers genannt werden – oder noch schlimmer. ›Liebermann war doch der, der Millionen Menschen auf dem Gewissen hat, Liebermann war der, der weite Teile Deutschlands und der Schweiz auf Jahrhunderte unbewohnbar gemacht hat, Liebermann, das Monster, die Bestie in Gestalt eines geld- und machtgierigen Managers, dem seine eigene Geltungssucht wichtiger gewesen war als das Wohl ganzer Völker. Liebermann, der erbarmungslose Schlächter ganzer kommender Generationen‹ – genau so würde man ihn nennen und im Gedächtnis behalten – vielleicht länger, als man sich eines Shakespeare oder Mozart je erinnern würde.

Das war vor einer Woche gewesen. Er bereute seine Entscheidung auch heute nicht. Sein T-Shirt war schweißnass, seine Beine flogen im Laufschritt über den Waldboden, einen letzten kurzen Sprint würde er jetzt noch einleiten und dann zurück ins Büro fahren, um seinen Entschluss in die Tat umzusetzen.

Der Schmerz kommt wie ein Blitz aus heiterem Himmel – unmittelbar und unerwartet. Er raubt einem die Luft, die Brust scheint zu platzen, die Lungen japsen nach Sauerstoff, der Druck in der Wirbelsäule ist höllisch, die Arme geben nach, die Beine knicken ein, der Schmerz ist so stark, dass die meisten ohnmächtig werden. Die, die es nicht werden, erleben den Fall zu Boden bei vollem Bewusstsein. Der Schmerz lässt dann ein klein wenig nach; nicht, dass dies besser wäre – aber es macht das Sterben etwas erträglicher.

Die Ruptur der äußeren Hülle bedeutet unwiderruflich das Ende. Eine Rettung zu diesem Zeitpunkt ist nicht mehr möglich.

*

»Wer hat ihn gefunden?«, fragte der Oberarzt in der Notaufnahme seinen jungen Assistenzarzt, als er Liebermanns Leiche zudeckte.

»Ein Spaziergänger. Er muss schon über eine Stunde am Waldweg gelegen haben«, antwortete der Assistenzarzt.

»Das dachte ich mir schon.« Der Oberarzt begann, den Totenschein auszufüllen: »Schade um den Mann. Pech für ihn, dass er nicht im Büro oder zu Hause war, vielleicht wäre er dann noch zu retten gewesen.«

»Ein Aortariss … Merkwürdig, bei einem anscheinend kerngesunden Mann in seinem Alter eher selten, oder?« Der Assistenzarzt hatte erst vor Kurzem sein Studium abgeschlossen.

Der Oberarzt schaute von seinen Unterlagen auf: »So selten auch nicht. Eins zu dreihunderttausend bei Menschen in seinem Alter«, er beugte sich wieder über seine Unterlagen, »ein Geburtsfehler, wie ich annehme. Kann man unmöglich erkennen. Die Obduktion wird Klarheit bringen.«

»Eins zu dreihunderttausend? Das ist ja praktisch gleich Null.«

»Na ja, der, den es trifft, sieht das wohl anders«, er deutete mit dem Kopf auf Liebermanns zugedeckten Körper. »Er hat sicher nicht erwartet, dass er beim Joggen innerhalb von Minuten an einem akuten Aortariss innerlich verblutet. Muss verdammt schmerzhaft gewesen sein.« Der Oberarzt drehte seinen Kugelschreiber nachdenklich zwischen den Fingern, dann sagte er: »Eine Aorta ist ein Wunderwerk. Genauso, wie man sich eine Hochdruckleitung vorstellen muss – dreiwandig, genial konstruiert, hält höchstem Druck stand. Doch manchmal schleichen sich wohl … Na ja, sagen wir mal ›Materialfehler‹ ein – solche, die man unmöglich erkennen kann. Und dann, irgendwann bei einer unvorhergesehenen Belastung, wie zum Beispiel Joggen, reißt sie. Pech für den Mann. Ein Restrisiko bleibt immer.«

*

Seedorfer war noch recht jung für diesen Posten. Mitte vierzig. Seine erste Stelle ganz oben. Der Vorstand war wohl etwas in Panik geraten, als Liebermann völlig unerwartet verstarb. Man hatte sich innerhalb von zwei Wochen auf Seedorfer geeinigt. Ein Mann, der bis dahin im Konzern kaum aufgefallen war und eigentlich weder die Erfahrung noch die Qualifikation für diesen Posten mitbrachte. Doch er war ein Karrierist, einer, der schneidig ausführte, was man ihm auftrug, einer von der Sorte, die ihre Unerfahrenheit mit Arroganz und Aggressivität wettmachten.

Er hatte die Unterlagen aus Liebermanns Tresor wieder und wieder gelesen.

Was sollte er tun? Die Wahrscheinlichkeit, dass die Rohre und Ventile bersten würden, war sehr klein. So stand es in den Unterlagen. Zudem war die Energiewende längst eine Tatsache – in ein paar Jahren würden möglicherweise alle Kernkraftwerke stillgelegt sein. Vielleicht würde es auch etwas länger dauern. Die Kanzlerin schien sich selbst nicht mehr ganz sicher zu sein in diesem Punkt.

Die Sonne ging langsam am Horizont unter und tauchte München und die Umgebung in ein magisches rötliches Licht. Seedorfer saß immer noch an seinem Schreibtisch. Langsam stand er auf, ging zum Tresor, legte die Unterlagen zurück und verschloss den Tresor. Es würde schon nichts passieren, die Wahrscheinlichkeit war sehr gering.

Das sanfte Vibrieren der schweren Glasplatte seines Schreibtischs konnte er nicht ganz einordnen.

›Ein Erdbeben? Hier in München?‹

Seelenverwandt

Manchmal gibt es zwei Menschen – eineiige Zwillinge seien hier ausgeschlossen –, die aus einem unerfindlichen Grund »gleichgeschaltet« wirken. Sie denken fast identisch, fühlen häufig das Gleiche zur selben Zeit, werden am selben Tag und im selben Jahr geboren und handeln unabhängig voneinander deckungsgleich. Man darf solche Menschen mit Fug und Recht als »seelenverwandt« bezeichnen. Und manchmal führt das Schicksal oder das Universum – oder wer auch immer – diese seelenverwandten Menschen zusammen.

*

Jean-Luc und Marine waren solche Menschen. Mehr noch: Sie waren nicht nur genau am selben Tag und im selben Jahr geboren, sie waren auch im selben Land und in derselben Stadt zur Welt gekommen. Sie hatten sogar fast genau zur gleichen Stunde das Licht der Welt erblickt.

Schon als Kinder dachten sie fast identisch, sie fühlten fast deckungsgleich wie der jeweils andere, ohne dass sie sich die ersten siebzehn Jahre ihres

Lebens jemals getroffen hätten. Auch die äußeren Bedingungen ähnelten sich: Sie stammten beide aus gutem Hause und genossen eine behütete Kindheit und Jugend. Schon früh wurde ihnen eingebläut, dass sie etwas Besonderes seien und demzufolge den normalen Menschen überlegen. Was auch stimmte: Jean-Luc und Marine waren hochbegabt und schrieben in der Schule nur Bestnoten.

Im Alter von siebzehn Jahren trafen sie sich das erste Mal, und zwar dort, wo sie sich treffen mussten: in Frankreichs Kaderschmiede, der HEC. Die Eliteuniversität École des hautes études commerciales de Paris schult die potenziell Mächtigen des Landes und formt aus normalen Menschen stromlinienförmige Technokraten. So auch Jean-Luc und Marine.

Unnötig zu erwähnen, dass es Liebe auf den ersten Blick war – schließlich waren Jean-Luc und Marine seelenverwandt. In der Mensa starrten sie sich bei der ersten Begegnung sekundenlang an und vergaßen das hektische Treiben um sie herum.

»Hallo.«

»Hallo.«

»Jean-Luc.«

»Marine.«

Von diesem Moment an war es um die beiden geschehen. Schlagartig war ein Feuer entfacht, so unauslöschlich wie die Hitze der Sonne. Kaum ein Jahr später heirateten sie – gegen den Willen ihrer Eltern.

Die nächsten zehn Jahre waren ein einziger Traum. Das Paar studierte und promovierte zusammen in Ökonomie – Abschluss mit summa cum laude und Forschungspreis. Kinder wollten sie nicht. Karriere machen und Spaß am Leben haben, das war ihr Credo. Sie wähnten sich einer Kaste von Menschen zugehörig, die auf traditionelle Werte verzichten konnte. Rücksichtnahme, Bescheidenheit, Hilfsbereitschaft, Nächstenliebe – diese Begriffe waren ihnen absolut fremd. Für sie zählten nur zwei Dinge: Erfolg und Geld! Hindernisse wurden aus dem Weg geräumt, Probleme wurden gelöst – so hatten sie es an der Universität gelernt, mithilfe unzähliger *Fallbeispiele*. So beurteilten Marine und Jean-Luc auch das Leben anderer Menschen: als Fallbeispiele. Die Welt als ein gigantisches Videospiel, bei dem sie die Spieler waren und die Menschen um sie herum Akteure, die man steuerte oder »abschoss«. Das Ziel des Spiels lautete: maximaler Spaß bei möglichst großer Punktzahl. In ihrem Fall waren das Geld und Macht.

Gott war für die beiden etwas, an das bloß Idioten und Verlierer glaubten – *sie* brauchten keinen Gott, an den sie glauben mussten, denn Jean-Luc und Marine verstanden sich selbst als eine Art Götter, die dem Rest der Menschheit nicht nur überlegen waren, sondern auch den Mut hatten, Dinge zu tun, die normale Menschen nie wagen würden.

Ganz zu Beginn, noch während des Studiums, packte sie der Reiz, Dinge zu tun, die anderen völlig absurd erschienen. Gleich nach der Hochzeit ließen sie von einem Notar ein Testament aufsetzen, in dem sie alle künftigen Vermögenswerte dem jeweils anderen vermachten. Nicht ungewöhnlich, doch der zweite Teil des Testamentes entlockte selbst dem Notar, der schon viele absurde Dinge erlebt hatte, ein Stirnrunzeln. Die Verfügung war legal, aber eindeutig verrückt. Er erklärte es sich mit ihrer Jugend und beruhigte sich mit dem Gedanken, dass das Testament ja jederzeit geändert werden könnte, sollten es sich die beiden später anders überlegen.

*

Nach Studium und Promotion machten Marine und Jean-Luc Karriere bei zwei der größten Banken Frankreichs. Ihr Leben bestand aus Arbeit, sehr viel Arbeit. Und noch mehr Geld, das sie Jahr für Jahr mehrten.

Erst verkauften sie Bankprodukte an Menschen, die keine Ahnung hatten, wie diese Produkte funktionierten, und irgendwann feststellen mussten, dass am Ende immer die Bank gewann.

Fallbeispiele.

Später schwatzten sie überschuldeten Privatpersonen und Kleinfirmen Kredite auf, die diese nie im

Leben zurückzahlen konnten. Manch einer wurde in den Ruin getrieben und beging Selbstmord.

Fallbeispiele eben.

Danach arbeiteten sie im Devisenhandel und jonglierten mit Millionen, die ihnen nicht gehörten. Auch hier galt das Credo: Gewinnmaximierung um jeden Preis.

Und wenn es schiefging – no problem, für die beiden ein Spiel, ein Fallbeispiel.

Und das Wichtigste: Alle diese Fallbeispiele würde man für die nachfolgenden Studentinnen und Studenten an den Eliteuniversitäten dieser Welt verwenden – ohne dass auch nur einer daraus eine Lehre ziehen würde.

*

Jean-Lucs und Marines Liebe zueinander wuchs mit jedem Jahr. Sie waren immer der gleichen Meinung, sie mochten und hassten dieselben Dinge. Kinder waren ihnen ein Gräuel, Haustiere lärmend und schmutzig. Freunde hatten sie keine, denn niemand hielt es lange mit ihnen aus.

Ihre größte Leidenschaft galt ausgefallenen Sportarten. Sie bestiegen die höchsten Berge, unternahmen die gewagtesten hochalpinen Skitouren, es musste River-Rafting in den reißendsten Flüssen sein und Bungee-Jumping aus den höchsten Seilbahnen. Kaum eine Extremsportart, die sie nicht ausprobierten.

Eine zweite Passion kam hinzu: Sie spielten einander die verrücktesten Streiche. Zu Beginn waren es harmlose, alberne Aktionen: Juckpulver im Bett, Salz im Morgenkaffee oder ein zugenähter Ärmel. Mit der Zeit wurden ihre Streiche immer derber, denn sie fanden es spaßig, sich gegenseitig mit einem noch spleenigeren Streich zu überflügeln.

Ihre absolut bevorzugte Sportart war jedoch das Fallschirmspringen – im freien Fall aus immer größeren Höhen dem Tod trotzen, furchtlos der Leere entgegenstürzen, im letzten Augenblick zusammen die Reißleine ziehen, um dann gemeinsam zurück auf den Boden schweben: Das verschaffte ihnen den Adrenalinschub, den sie begierig suchten.

*

Fünf Jahre nach ihrer Hochzeit kauften sie sich eine geräumige Altbauwohnung im vornehmen sechzehnten Pariser Arrondissement nahe beim Jardin du Trocadéro, auf der Anhöhe von Chaillot. Drei Meter hohe Räume, Parkettboden, große Fenster, Türen aus altem Eichenholz und eine atemberaubende Aussicht auf Paris, für die manch einer seine Großmutter verkauft hätte. Sie richteten die Wohnung ganz nach ihrem Charakter ein: ein Traum in Weiß – mit dem Charme einer Tiefkühltruhe.

*

Zu ihrem zehnten Hochzeitstag hatten sie sich etwas ganz Besonderes ausgedacht. Der Tag war geplant als »gegenseitiges Dankeschön für die beste Zeit unseres Lebens«. Marine und Jean-Luc hatten sich detailliert vorbereitet und – wie sollte es anders sein – die gleiche Idee gehabt, um dem anderen ein außergewöhnliches Ereignis zu bieten.

Der Tag hätte idealer nicht sein können: Ein kalter Dezembermorgen, kaum Wind und ein klarer Himmel begrüßten die beiden, als sie sich im Morgengrauen auf den Weg Richtung Versailles machten. Wie immer war alles bis auf die Minute geplant und musste so auch ausgeführt werden.

Pünktlich wartete der Pilot der zweimotorigen Turboprop-Maschine, die sie auf fast fünftausend Meter Höhe hochschrauben würde. Zur Feier des Tages tranken sie im Hangar Champagner, »auf weitere unzählige Jahre des glücklichen Zusammenseins«.

Die Maschine hatte die Absprunghöhe erreicht, die Lampe sprang auf Grün, und Jean-Luc und Marine sprangen zeitgleich aus dem Flugzeug.

Mit rasanter Geschwindigkeit flogen sie der Erde entgegen. Wie zwei Adler im Sturzflug umkreisten sie sich lachend, dann und wann ganz nahe, dann wieder weiter auseinander.

Freier Fall. Adrenalin pur.

*

Bei einem Fallschirmabsprung mit freiem Fall aus fünftausend Metern Höhe wird die Öffnungshöhe nach etwa einer Minute erreicht. Sollte sich der Fallschirm nicht öffnen, dauert die Zeit bis zum Aufschlag am Boden etwa eineinhalb Minuten. Neunzig Sekunden können eine Ewigkeit sein.

Nach etwa zwanzig Sekunden im freien Fall spürte Jean-Luc einen Schweißausbruch und zugleich eine gewaltige Erektion, die sich zwischen seinen Beinen bemerkbar machte. Er versuchte beides zu ignorieren, denn es war Zeit, Marine seine Überraschung zu präsentieren. Mit den Armen gestikulierend und auf sie zusteuernd, wollte er ihr seine »Überraschung« mitteilen.

Warum ihm schwindlig war und warum er gerade jetzt eine verdammte Erektion in seiner Hose hatte, konnte er sich beim besten Willen nicht erklären.

Marine amüsierte sich sehr. Sie wusste, was mit Jean-Luc geschah. Sie bekamen sich an den Händen zu fassen.

Noch zehn Sekunden bis zur Öffnungshöhe.

Jean-Luc schrie Marine ins Ohr: »… komm her … sich nicht … halt dich … ganz fest an mir …!«

Marine missverstand seine Worte völlig. Sie nahm an, dass er aufgrund ihrer Überraschung – sie hatte ihm eine ziemlich hohe Dosis mit dem Champagner verabreicht – sich im freien Fall mit ihr vergnügen wollte.

»… super Wirkung, das Mittel … Du geiles Schweinchen …!«, schrie sie zurück.

Noch fünf Sekunden bis zur Öffnungshöhe.

Keiner von beiden hatte richtig begriffen, was der jeweils andere mit den kaum verständlichen Wortfetzen gemeint haben könnte, während sie, sich immer noch an den Händen haltend, mit wahnwitziger Geschwindigkeit in Richtung Erde rasten.

Plötzlich traf eine Turbulenz die beiden mit voller Wucht und riss sie auseinander.

Noch drei Sekunden bis zur Öffnungshöhe.

Jean-Lucs Blutdruck fiel rapide, ihm wurde schwindlig, einen kurzen Moment gar schwarz vor Augen, aber mit fast übermenschlicher Anstrengung schaffte er es erneut, auf Marine zuzufliegen und sie wieder an den Händen zu packen. Sein Lächeln misslang.

Noch eine Sekunde bis zur Öffnungshöhe.

Als Jean-Luc seine Reißleine ziehen wollte, schlug die potenzierte vasodilatative Wirkung des Viagra-Pulvers, das ihm Marine in den Champagner gemixt hatte, mit voller Wucht zu. Eine Faust aus Stahl krallte sich um sein Herz. Instinktiv ließ er Marine los und fasste sich an die Brust. Die Reißleine erreichte er nicht mehr, das Herzkammerflimmern war so schmerzhaft, dass er an nichts anderes mehr denken konnte.

Während Marine nicht wusste, was mit Jean-Luc geschah, begriff sie schlagartig, was die Wortfetzen, die er ihr zugeschrien hatte, bedeuteten.

Alles Ziehen an ihrer Reißleine half nichts. Jean-Luc hatte ganze Arbeit geleistet an ihrem Fallschirm.

›Sie wird Augen machen‹, hatte er sich gefreut.

Er sollte recht behalten – Marine machte in der Tat große Augen.

Jean-Luc konnte nicht ahnen, dass er nicht in der Lage sein würde, Marine sicher an seinem Schirm zu Boden gleiten zu lassen, genauso wenig wie Marine wissen konnte, dass Jean-Luc seit Kurzem und ohne ihr Wissen aufgrund eines kleinen Herzproblems Nitroglyzerintabletten einnahm – alles in allem eine absolut tödliche Kombination.

Der letzte Gedanke, den beide zugleich hatten, als sie der Erde entgegenrasten wie zwei gefallene Götter, war:

›Oh Gott …‹

So hatten die beiden also ganz zum Schluss und gleichzeitig doch noch zu Gott gefunden.

*

Der Leiter des Tierheims in einer Banlieue von Paris, das sich hauptsächlich um Hunde und Katzen kümmerte, die von ihren Besitzern ausgesetzt oder misshandelt worden waren, konnte sein Glück nicht fassen, als er im Büro des Notars saß, der ihm gerade eröffnet hatte, dass seiner Institution das gesamte Vermögen – immerhin fast vier Millionen Euro – der tragisch verstorbenen Eheleute Jean-Luc und Marine Dupond-Delatour vermacht worden war.

Als er das Büro des Notars verlassen hatte und in die weihnachtlich geschmückte, funkelnde Champs-Élysées eingebogen war, um dort die Metro zu nehmen, hielt er einen Moment inne und murmelte mit einem Blick gen Himmel überglücklich:

»Es gibt sie also doch noch, die guten Menschen auf dieser Welt. Gott sei Dank.«

Romanow

Aus dem achtundzwanzigsten Stockwerk des Federal Towers in der neu entstehenden »Moskau City« hatte man einen geradezu sensationellen Blick auf die Millionenmetropole. Selbst den Kreml und die Basilius-Kathedrale konnte er durch die riesige Fensterfront seines Büros sehen. Er drehte sich um und schritt zu seinem Schreibtisch.

Der Mann sah unverschämt gut aus. Einer jener Menschen, die etwas an sich haben, das unwiderstehlich auf andere wirkt, einnehmend, von innen nach außen strahlend, Menschen, denen man nahe sein möchte, vielleicht in der Hoffnung, dieser übernatürliche Glanz möge ein wenig abfärben und an einem selbst haften bleiben.

Sergej Michail Romanow, ende vierzig, etwa einen Meter fünfundachtzig groß, war so ein Mensch: Das leicht gewellte, braune Haar, eine schmale, gerade Nase, volle, wohlgeformte Lippen und die hohen Wangenknochen ergaben zusammen ein Bild der Perfektion.

Er war genau das, was man sich *nicht* unter einem Russen vorstellte. Seine Manieren waren makellos, sein Englisch perfekt, der maßgeschneiderte Brioni-Anzug, die dezente Krawatte vom selben noblen italienischen Edelstoffhersteller, das weiße Hemd, die Manschettenknöpfe, die dezent flache Patek-Philippe-Uhr, für die ein am Fuße der Bürotürme arbeitender usbekischer Arbeiter sein ganzes Leben lang hätte sparen müssen und auch dann noch nicht genug beisammen gehabt hätte – all dies an Sergej Romanow zeugte von Geschmack, Stil und Eleganz, die jedem Königshaus dieses Planeten gut angestanden hätte. Zudem war Romanow mit einem geschätzten Vermögen von fast zwanzig Milliarden Dollar einer der reichsten Menschen der Welt, und wahrscheinlich war dies noch stark untertrieben, denn russische Oligarchen legen ihre Vermögenswerte nur selten offen.

Sein Glück war es, dass der starke Mann im Kreml aus derselben Stadt stammte wie er – Sankt Petersburg. Und als die Sowjetunion zerfiel, war Romanows Stunde gekommen. Er »erwarb« unzählige Staatskonzerne für ein Butterbrot; Gold, Erz und Diamantminen, Ölfelder und Raffinerien, die ein Vermögen wert waren, wechselten den Besitzer für wenige Rubel. Ein einmaliger Vorgang in der Geschichte fand statt. Ganze Unternehmen, Rohstoffreserven, die für Jahrzehnte reichten, Tausende Arbeiter und Angestellte, all das, was man in der Sowjetzeit »den Besitz des Volkes« genannt hatte, erhielt neue Eigentümer.

Romanow nutzte seine Chance: Er baute dieses Geschenk des Himmels in wenigen Jahren zu einem Konglomerat von gigantischen Dimensionen aus, investierte und diversifizierte in verschiedene andere Sparten. Sein Reichtum war bereits unermesslich, bevor er sein viertes Lebensjahrzehnt erreicht hatte. Nun gab es wohl nichts mehr, was er sich nicht hätte leisten können.

Doch all dies reichte ihm noch nicht. Er wollte mehr. Jahrelang hatte er darauf hingearbeitet. Er würde seinem Namen alle Ehre machen und sein Heimatland zu alter, nein, besser noch, zu neuer, ungeahnter Größe führen. Niemand aus seinem Umfeld wusste davon. Selbst Victor nicht. Aber zuerst musste er ein Problem lösen. Ein völlige unerwartetes »Problem« war aufgetaucht. Eines, das seinen Plan gefährden konnte, und deshalb würde er jemanden von außerhalb brauchen, um das »Problem« zu lösen. Einen kurzen Moment zögerte er, dann drückte er auf einen Knopf auf seinem Telefon:

»Schicken Sie Victor rein!«

Er kannte Victor seit vielen Jahren, sie hatten zusammen in der Armee gedient, dann war Victor zum KGB gewechselt, und als das Sowjetreich zusammenbrach, hatte ihn Romanow als seinen persönlichen Leibwächter eingestellt. Victor war zudem auch Chef seiner Leibgarde. Victor, etwa gleich alt wie sein Boss, war in jeder denkbaren Disziplin des

Tötens ausgebildet worden, ein Mann, der fast nie sprach, dem Romanow jedoch blind sein Leben anvertrauen konnte. Und Victor würde wissen, wer sein »Problem« aus dem Weg räumen würde.

*

Maria Romanowa, geborene Gambino, saß im bequemen Fauteuil. Ein echter Louis XIV. Ihr Atem ging regelmäßig, sie bewegte sich nicht, ihre schlanken Hände ruhten auf den Armlehnen. Hätte ein Beobachter in diesem Augenblick den prunkvollen Raum betreten und sie dort so auf dem Sessel sitzen sehen, wäre er zu der Überzeugung gelangt, einer der alten Meister hätte das Bildnis der Madonna neu und besser denn je interpretiert. Maria Romanowas Schönheit war außergewöhnlich, die schwarz gelockten Haare umrahmten ein Gesicht von kindlich-engelhaft anmutender Schönheit, eine Reinheit, die bei einem erwachsenen Menschen im Laufe der Jahre verloren geht, war bei ihr auf wundersame Weise erhalten geblieben.

Man sagt, dass außergewöhnlich schöne Menschen sich wie Magnete gegenseitig anziehen – bei Sergej und Maria musste dies wohl so gewesen sein.

Sie schaute sich um, obwohl sie den Raum, ja alle fünfundvierzig Räume der Villa kannte. Sie wohnte schließlich schon fast fünf Jahre hier, so lange, wie sie mit Sergej verheiratet war. Welch ein Märchen war es gewesen, damals, als sie ihn kennenlernte!

Knapp über zwanzig Jahre alt war sie gewesen, eine Ewigkeit schien es her zu sein. An der Universität Sapienza in Rom. Kunstwissenschaft wollte sie studieren, und wo besser als in Rom konnte man dies tun? Ihr Vater wollte sie damals nicht gehen lassen.

»So etwas ziemt sich für ein junges Mädchen nicht«, hatte er getobt, »wenn das deine Mutter – Gott möge ihrer Seele gnädig sein – wüsste, hätte sie dasselbe gesagt.«

»Erwähne den Namen meiner Mutter nicht! Deinetwegen hat sie sich umgebracht«, hatte sie weinend geschrien.

Wochenlang ging das so hin und her. Dann entschied Maria, dass es genug sei: »Ich werde Kunstgeschichte studieren … oder ich bringe mich um, Gott möge mir verzeihen«, drohte sie ihrem Vater eines Tages in der Küche, ein scharfes Messer demonstrativ auf ihren Puls drückend. Dieser wusste, dass Maria ihre Drohung wahr machen würde. Mit dem Messer an den Pulsadern, an der Spüle stehend, starrte sie ihn mit ihren dunkelbraunen Augen funkelnd und voller Leidenschaft an: »Und ich will nicht jedes Wochenende besucht werden, capito papà?«

Der Vater erwog einen Augenblick, seine Tochter eigenhändig umzubringen. ›Besser eine tote Tochter als eine, die mir Schande bereitet‹, dachte er. Und er hätte es wohl beinahe getan, doch Maria war seine Tochter, das ungeschriebene Gesetz der Ehre durfte nie gebrochen werden – Außenstehenden fremd und unverständlich, jenen, die da hineingeboren waren, jedoch ein Naturgesetz; unumstößlich wie die Schwerkraft war dieses Gesetz: Die Familie ist heilig!

Schließlich hatte er sie ziehen lassen, an die Universität der Ewigen Stadt. ›Sie wird bald zurückkommen‹, hatte er damals gedacht. Er sollte sich irren.

*

Romanow sah die Stadt langsam näherkommen. Heute flog er die Challenger (einer der vielen Privatjets, die er besaß) persönlich. Er war ausgebildeter und passionierter Pilot, und wann immer sich die Gelegenheit ergab, flog er selbst. Seine vier Eliteleibwächter saßen hinten im Passagierraum.

Die Stadt kam schnell näher und Romanow wandte sich seinem Kopiloten und sagte: »Lande du heute.«

Dieser nickte und übernahm den Steuerknüppel.

Romanow hatte etwa drei Dutzend Männer, die ausschließlich für seinen persönlichen Schutz sorgten. Davon abgesehen besaß er eine beinahe schon als kleine Armee zu bezeichnende, bis an die Zähne bewaffnete Truppe in ganz Russland verteilt, getarnt als Sicherheitsleute seiner unzähligen Fabriken, Minen, Raffinerien und sonstigen Einrichtungen.

Er schaute aus dem Fenster auf die jetzt das ganze Sichtfeld einnehmende Stadt. Dies war seine Stadt! Hier war er geboren, in der Stadt, die über zwei Jahrhunderte die Hauptstadt des russischen Zarenreiches gewesen war, die »Schöne des Nordens«, wie manche sie nannten, die Metropole, durch die sich die Newa schlängelt, dieser majestätische Fluss, der am Winterpalast Peter des Großen vorbeizieht und an der benachbarten Eremitage, konzipiert von den seinerzeit renommiertesten deutschen, italienischen und französischen Architekten. Peter der Große hatte die Stadt gegründet und nicht etwa, wie die meisten annehmen, nach seinem eigenen, sondern nach dem Namen des Apostels Simon Petrus, dem Schutzheiligen der Stadt, benannt.

Das Holpern riss ihn aus seinen Gedanken. Sie waren gelandet.

*

Was für eine Zeit war das gewesen! Noch nie war sie solch einem Mann begegnet. Er war so zurückhaltend, ein Lächeln wie ein Engel in der Kirche Santa Maria Benedetta, in der sie, seit sie sich erinnern konnte, jeden Sonntag die Messe besuchte. Manchmal auch an den Wochentagen. Zum Beten. ›Gott, schick mir bitte einen Engel, der mich hier fortholt, in den Himmel soll er mich holen, der Engel.‹ Und Gott hatte, wie es schien, ihre Bitten erhört.

»Ich werde dich zu meiner Prinzessin machen, Maria«, hatte er gesagt.

Sie erinnerte sich noch daran, als wäre es gestern gewesen; wie hätte sie es auch vergessen können! Capri. Auf der Insel, für die es keine Vergleiche gibt, auf der Insel, die schon die römischen Kaiser und Imperatoren als Refugium und zur Erholung nutzten, Capri, die Insel, die wie ein funkelnder Diamant vom tiefsten Blau eines fast überirdisch schönen Meeres umspült wird. Die Erinnerung daran, wie sie sich dort das erste Mal geliebt hatten – das erste Mal für Maria überhaupt –, war so schön, dass es sie fast vor Wehmut schmerzte.

Dennoch hatte sie sich nicht vorstellen können, ihr Land zu verlassen. Sie kannte niemanden in Russland, ja, sie sprach noch nicht einmal die Sprache. Aber Sergej drängte sie bei jedem Besuch mehr. Er kam fast jede Woche nach Rom, um sie, wenn manchmal auch nur für ein paar Stunden, zu treffen.

»Komm mit mir, Maria«, sagte er, wenn sie erschöpft und verschwitzt auf dem Bett lagen. »Komm mit mir nach Moskau … Ich liebe dich, Maria«, flüsterte er ihr immer wieder ins Ohr.

Sie hatte ihm erzählt, dass ihre Mutter einer adeligen Familie entstamme und gestorben sei (was auch der Wahrheit entsprach) und dass sie ihren

Vater nie kennengelernt habe – was eine Lüge war, denn Maria wusste sehr genau, dass ihr Vater sie nie im Leben würde gehen lassen.

»In ein fremdes Land und dazu noch mit einem Russen? Niemals!«

Wichtiger noch als dieser Grund jedoch war ein ganz anderer gewesen: Sie wollte nicht, dass Sergej erfuhr, dass ihr Vater in Wirklichkeit nichts anderes als eine kleine, schmuddelige Bar in Palermo betrieb und dass sie nur deswegen in dem Haus lebten, weil es aus dem Familienbesitz ihrer Mutter stammte. Auf Marias Geburtsurkunde stand der Mädchenname ihrer Mutter, die in den Archiven der Gemeinde seit eh und je als ledig geführt wurde. Solche Fehler unterlaufen den Behörden immer wieder in Italien. Damals wusste Maria nicht, wer Romanow wirklich war und dass er ihre Herkunft in der Tat hatte überprüfen lassen.

Damals ahnte sie allerdings auch nicht, weshalb ihr Vater diesen »Fehler« in der Geburtsurkunde nie hatte korrigieren lassen – einen Fehler, der sich nicht zufällig und aus Schlamperei in die Akten geschlichen hatte. Und Marias wusste auch nicht, dass ihr Vater alles andere als bloß der Betreiber einer kleinen Bar in Palermo war.

Bei Romanows nächstem Besuch sagte Maria, nachdem sie sich geliebt hatten und wohlig erschöpft nebeneinanderlagen, nur ein einziges Wort:

»Ja.«

Er hatte sie mitgenommen. Nach Moskau. Maria hatte sich von niemandem verabschiedet – auch nicht von ihrem Vater. Sie hatten kurz danach in aller Stille geheiratet. Ihr Sohn Michail war kaum ein Jahr später zur Welt gekommen. Erst fünf Jahre lag dies zurück und doch schien es ihr eine Ewigkeit her.

Sie stand auf und ging zum Fenster, welches den Blick auf die weitläufige Gartenanlage der Villa freigab. Überall waren Kameras installiert und unzählige schwer bewaffnete Wachen und Leibwächter patrouillierten auf dem Gelände, manche mit deutschen Schäferhunden und andere mit Dobermännern an der Leine. Maria wusste, dass sie den Rubljovka Boulevard jenseits der Mauer nie wieder unbewacht sehen würde.

Ein Schaudern lief ihr über den Rücken – wenn sie doch bloß nie gesehen hätte, was sie gesehen hatte.

*

Als er im Wagen saß, den Victor mit Blaulicht und Sirene in halsbrecherischem Tempo rücksichtslos über den Flughafenzubringer in Richtung Innenstadt jagte, fluchte Romanow leise. Warum nur hatte er zugestimmt, den Mann in der Eremitage zu treffen, frage er sich zum wiederholten Mal. Er, Romanow, war es gewohnt, die Menschen dort zu treffen, wo er sie hinbeorderte, und nicht umgekehrt.

Der Mann hatte eine merkwürdige, fast ätherisch klingende Stimme, als er am Telefon in perfektem Englisch gesprochen hatte: »Wir treffen uns um 15 Uhr im großen Oberlichtsaal.« Romanow war einen Augenblick sprachlos gewesen, sodass der Mann am anderen Ende der Leitung wohl angenommen hatte, er sei nicht richtig verstanden worden: »Sie wissen doch, wo das ist?«

Aufgelegt. Eine Frechheit. Romanow kochte innerlich vor Wut. Ihm den Hörer aufzulegen, und auch noch zu unterstellen, *er* kenne sich in der Eremitage und im Winterpalast nicht aus. Er ballte die Faust und schwor sich, den Kerl, den man lediglich unter dem Namen »Der Mechaniker« kannte (›Was für ein kindischer Quatsch!‹, wie Romanow verächtlich dachte), eigenhändig zu erschießen, wenn er nicht hielt, was man ihm versprochen hatte.

Montagnachmittags waren das Museum und der Winterpalast für das Publikum geschlossen. Für Romanow war es ein Leichtes, in die Eremitage zu gelangen, schließlich war er einer der größten Geldgeber des Museums und zudem hatte er exzellente Kontakte zur Stadtverwaltung. Doch wie konnte dieser Ausländer da reinkommen, fragte er sich, als der Konvoi sich der Innenstadt näherte. Drei Wagen mit zusätzlichen zwölf Leibwächtern seiner lokalen Niederlassung hatten sich ihnen am Privatflughafen angeschlossen. Romanow wies Victor an, das Blaulicht und die Sirene auszuschalten und die Geschwindigkeit zu drosseln. Als sie in den Newski-Prospekt einbogen, die mehrere Kilometer lange Haupt- und Prachtstraße der Stadt, teilte sich der Konvoi auf, denn heute wollte er nicht auffallen. Niemand sollte wissen, dass er den Mann, der sich »Mechaniker« nannte, traf.

Sie betraten die Eremitage durch den Haupteingang, den Atlanten-Portikus, der ein riesiges Vordach bildete, von zehn monumentalen, aus Granit gehauenen Atlanten gestützt, die ein wenig an römische Gladiatoren erinnerten und die der deutsche Architekt Klenze, der einen Großteil der Eremitage seinerzeit konzipiert hatte, »pharaonisch« nannte, als er sie das erste Mal realisiert sah.

Die nachfolgend eintreffenden Leibwächter hatten sich mit ihren Wagen an den anderen Eingängen postiert und würden, sobald er und Victor das Museum betreten hatten, von allen Richtungen her kommend den großen Oberlichtsaal umstellen.

Romanow wollte jedes Risiko ausschließen und hatte seine Kontaktleute in der Stadtverwaltung angewiesen, dass selbst das Museumspersonal, das normalerweise jede halbe Stunde die Kontrollgänge machte, heute Nachmittag nicht zugegen sein solle.

Er ging schnellen Schrittes voran, Victor folge ihm in dichtem Abstand die Jordanstreppe hinauf. Eine der pompösesten Treppen, die man sich vorstellen kann: Marmor, Travertin, Gold in Hülle und Fülle, Engelsfiguren, die dem Betrachter den Eindruck vermitteln, sie seien direkt aus den Wänden gehauen worden.

Die Schritte der Männer, die sich von allen Seiten her kommend auf den großen italienischen Oberlichtsaal zubewegten, hallten durch die riesigen, menschenleeren Säle des Museums, aber keiner von ihnen schien die unschätzbaren Kunstwerke überhaupt wahrzunehmen oder hatte ein Auge für die Kunstwerke. Rembrandt, Gauguin, Matisse, Monet und Picasso. Sie blieben heute unbeachtet, selbst an Leonardo da Vincis »Madonna Litta« stapften die Leibwächter vorbei, ohne sie eines Blickes zu würdigen.

Victor hatte darauf bestanden, dass Romanow heute auch eine Waffe tragen solle. Eine kurzläufige Smith & Wesson, Kaliber achtunddreißig.

Ein fernes Knirschen, kaum hörbar, dann leise hallende Schritte – jetzt wusste Romanow: ›Der Mechaniker ist hier.‹

Im italienischen Oberlichtsaal, hatte der Kerl gesagt. Und da stand er auch, den Rücken Romanow zugewandt, als dieser durch den östlichen Torbogen den Prunksaal betrat.

Der Mechaniker betrachtete, fast andächtig, wie es den Anschein hatte, die weiße Statue aus Marmor, vor der er stand, und er bewegte sich auch dann nicht, als sich Romanow ihm schweren Schrittes von hinten näherte. Der Mechaniker verharrte wie angegossen vor einem der wohl berühmtesten Exponate der Eremitage, einer fast zwei Meter großen Skulptur des italienischen Bildhauers Giuseppe Mazzuoli aus dem Jahr 1709: ein Jüngling mit wallendem Haar, zu Boden fallend, seine Hand auf einen Eber aufstützend. »Der Tod des Adonis« war eines der Lieblingsexponate Romanows.

»Glauben Sie, dass sie ihn zurückgeholt hat?«

Romanow blieb wie angewurzelt stehen. Die Stimme des Mechanikers klang noch sonderbarer als am Telefon, merkwürdig leicht und fest zugleich. Sein Englisch war makellos. Der klitzekleine Akzent kaum zuzuordnen.

»Wen meinen Sie …?« Die Frage war Romanow unvermittelt über die Lippen geschlüpft, doch bevor er sich darüber ärgern konnte, antwortete der Mechaniker:

»Aphrodite. Ob sie ihn wohl von den Toten zurückholte?«

Romanow war ein gebildeter Mann, doch erst jetzt hatte er verstanden, was der Mechaniker meinte. Der hier in Marmor verewigte Adonis soll der Geliebte der Göttin Aphrodite gewesen sein und aus Rache von deren Mann Hephaistos, der dazu die

Gestalt eines Ebers angenommen hatte, auf der Jagd getötet worden sein. Und Aphrodite habe, so erzählt die Sage, aus Liebesschmerz den Göttervater Zeus persönlich darum gebeten, ihren geliebten Adonis wieder ins Leben zurückzuholen.

Der Mechaniker hatte sich mittlerweile langsam umgedreht. Romanow war erstaunt, denn der Mann sah überhaupt nicht furchterregend aus. Ganz im Gegenteil. Das Gesicht bleich und schmal, ein fast durchsichtiger Teint, der sich kaum von der Statue im Hintergrund abhob, schmal auch sein Körper, knabenhaft fast. Die randlose Brille vervollständigte den harmlosen, ja fast lächerlichen Eindruck, den der Mann ausstrahlte. Das da sollte der große Killer sein? Der viel gepriesene »Mechaniker«? Einer der besten Killer der Welt sollte vor ihm stehen?

Romanow konnte sich ein kurzes, verächtliches Schnauben nicht verkneifen. Ein Würstchen war das. Ein kleines, schmales Männchen, das schon ein leichter Windhauch umhauen würde.

»Ein wahres Meisterwerk. Und Sie, Mister Romanow, wenn Sie mir den Vergleich gestatten, haben eine gewisse Ähnlichkeit zu diesem Adonis. Finden Sie nicht auch?«

Romanow machte zwei schnelle Schritte auf den Mann zu, sodass er ihn fast berührte, er schaute auf ihn hinunter. Romanow war einen guten halben Kopf größer.

»Schluss mit dem Quatsch! Wie heißen Sie wirklich?«, zischte er.

»Man nennt mich den Mechaniker, wie Sie bestimmt bereits wissen«, antwortete dieser mit sanfter Stimme. Weder Romanow noch der sich seitlich langsam nähernde Victor schienen ihm Angst einzujagen.

Romanows Augen verengten sich zu kleinen Schlitzen, ein leichtes Zucken umspielte seine Lippen. Er überlegte, ob er jemand anderen finden sollte, um den Job zu erledigen. Dieser kleine, schmale Mann schien kaum dazu in der Lage zu sein. Er drehte sich um und ging in Richtung des Ausgangs.

»Wann soll Ihre Frau denn sterben?«

Romanow blieb wie angewurzelt stehen. Woher wusste der Mechaniker, worum es ging? Er drehte sich erneut um, ging langsam auf den Mechaniker zu und sagte: »So schnell wie möglich.«

»Soll es schnell gehen?«

»Das habe ich doch soeben …«

»Der Tod …«, unterbrach ihn der Mechaniker mit seiner ruhigen Stimme: »Soll sie leiden oder nicht?«

Daran hatte er noch gar nicht gedacht. Er überlegte eine Weile. Sollte Maria leiden? Er schaute den Mechaniker genauer an. Solch eine Frage hätte er vielleicht von einem tschetschenischen Killer erwartet, die nannten so etwas »nasse Aufgaben« und verlangten auch immer einen Bonus, wenn man sicherstellen wollte, dass das Opfer auch leide.

»Nein, sie soll nicht leiden. Tun Sie es schnell und schmerzlos.«

Der Mechaniker nickte kurz.

»Ich benötige etwa vier Wochen für die Planung der Aktion. Einen Tag vorher werden Sie von mir Bescheid erhalten. Ihre Frau werden Sie an diesem Tag nicht bewachen lassen. Sie soll das Gefühl haben, entkommen zu sein. Sie werden sie die darauffolgenden vierundzwanzig Stunden nicht als vermisst melden und auch nicht suchen lassen.« Er machte eine kurze Pause, dann fuhr er mit seiner merkwürdig ruhigen Stimme fort: »Ihr Sohn wird auch weg sein, und auch ihn werden Sie nicht suchen ...«

Romanow hatte seine Waffe mit einer schnellen, routinierten Bewegung aus dem Holster gezogen und hielt sie mit gestrecktem Arm gegen die Stirn des Mechanikers.

»Was sagst du da?« Seine Augen verengten sich leicht: »Mein Sohn muss aus dem Spiel bleiben ... Hast du das kapiert?«

Auch Victor hatte sich blitzschnell und fast lautlos seitlich genähert. Seine großkalibrige Glock-Pistole lag jetzt direkt an der Schläfe des Mechanikers – bereit, jederzeit abzudrücken. Und auch die restlichen Leibwächter im Saal hatten ihre Waffen auf den Mechaniker gerichtet.

»Ich habe meine eigenen Methoden«, sagte der Mechaniker. »Es muss wie eine Entführung aussehen. Deshalb werden Sie auch keinen Ihrer Leute nach ihrer Frau und ihrem Sohn suchen lassen. Keiner darf die ersten vierundzwanzig Stunden etwas davon erfahren. Haben Sie das verstanden?« Seine Stimme klang wie zuvor, völlig unbeschwert, ganz ruhig hatte er die Worte gesprochen. Er schien kein bisschen Angst zu verspüren.

Langsam dämmerte Romanow, was der Kerl vorhatte. »Frau und Sohn eines russischen Oligarchen entführt«, würden die Medien melden. »Beim heroischen Einsatz der Sicherheitskräfte konnte der Sohn aus den Fängen der Verbrecher befreit werden. Leider wurde dabei die Frau von den Entführern getötet. Tschetschenische Verbrecher, wie gut unterrichtete Kreise vermuten. Die Banditen konnten entkommen, doch die Sicherheitskräfte werden alles unternehmen, bis diese gefunden sind.«

Romanow sah den Mechaniker an und grinste – ein genialer Plan, wie er zugeben musste.

*

Maria erinnerte sich noch ganz genau, wann es geschehen war.

Sie war vom Shopping im Kaufhaus GUM am Roten Platz zurückgekommen. Es war kurz vor Weihnachten gewesen. Obwohl das Thermometer fast minus dreißig Grad angezeigt hatte, war sie gut gelaunt, in ihren sündhaft teuren Nerzmantel gehüllt, zum Roten Platz gefahren und hatte den Chauffeur angewiesen, direkt an einem der Südeingänge zu halten und dort auf sie zu warten. Sie wusste natürlich, dass ihr mindestens zwei Leibwächter folgen würden, doch sie hatte bei ihrem Mann schon seit Langem durchgesetzt, dass diese in ausreichendem Abstand und diskret zu bleiben hatten.

Das GUM vor Weihnachten ist ein Schauspiel für sich. Es ist so pompös beleuchtet, dass selbst die Fifth Avenue in New York düster im Vergleich dazu ausschaut. Und was die Prachtstraßen in New York oder in anderen Großstädten nicht bieten können, ist die Szenerie, die das GUM umgibt: der Rote Platz, die Basilius-Kathedrale und der Kreml – wenn es Abend wird und noch leichter Schneefall einsetzt, fühlt man sich in einer Märchenwelt.

Maria ging schnurstracks in eines der vielen Juweliergeschäfte. Sie wollte Sergej zu ihrem heutigen Hochzeitstag mit einer Goldkette überraschen.

Als sie wieder zu Hause war, eilte sie direkt in sein Arbeitszimmer. Sie wusste, dass er in seinem Arbeitszimmer nicht gestört werden wollte, doch sie nahm an, er sei zu dieser Stunde noch nicht zu Hause, daher wollte sie das Päckchen als Überraschung auf seinen Schreibtisch legen. Sie freute sich wie ein kleines Mädchen – Sergej würde Augen machen.

Sein Computer war eingeschaltet, er musste vergessen haben, ihn herunterzufahren, dachte sie unbekümmert, legte das Päckchen direkt neben den Flachbildmonitor und wollte den Raum verlassen. Eher zufällig fiel ihr Blick auf das, was auf dem Monitor stand. Als sie die ersten Zeilen des Textes überflog, wurden ihre Knie weich.

Planungsphase Operation »Großer Bär« erfolgreich abgeschlossen. Ausführungsdatum bestätigt: 9. Mai. Zielobjekt bestätigt: Nummer 1. Kontrolle wird von Division Delta gesichert werden ...

Maria hatte sofort verstanden. Jedes Kind wusste, was am 9. Mai in Moskau gefeiert wurde. Und wer mit Zielobjekt Nummer 1 gemeint war ... auch dies verstand Maria, ohne ein zweites Mal darüber nachdenken zu müssen: Sergej, ihr eigener Mann, plante die Ermordung des Präsidenten – und einen Staatsstreich!

»Seit wann interessierst du dich für meine Geschäfte?«

Maria erschrak fast zu Tode, sie wurde kreidebleich und stammelte: »Ich ... ich habe ein Geschenk ...«

Blitzschnell tippten seine Finger den Sperrcode ins Keyboard; er hätte sich verfluchen können; nur rasch auf die Toilette war er gegangen. Jetzt gab es nur noch eine Lösung, dachte er. Doch sein Lächeln war dasselbe wie immer, aber seine Augen blickten eiskalt.

»Lass uns nach unten gehen, meine Liebe.« Er griff sie am Arm, seine Hand fühlte sich wie eine Stahlklammer an.

In diesem Augenblick wusste Maria, dass er sie umbringen lassen würde – früher oder später, aber mit Bestimmtheit irgendwann.

Als sie in ihr Zimmer zurückgekehrt war, dankte sie Gott dafür, dass sie schon vor einiger Zeit den Einfall hatte, sich ein nicht registriertes Prepaidhandy zu besorgen, von dem niemand etwas wusste – auch Sergej nicht.

*

Romanow saß in seinem Büro und wartete. Vorgestern hatte er den Anruf erhalten. So wie es der Mechaniker angekündigt hatte, waren Maria und sein Sohn Michail gestern Abend nicht nach Hause gekommen. Maria hatte das Haus irgendwann am Morgen verlassen, und da es Wochenende war und der Junge nicht zur Schule musste, hatte sie ihn mitgenommen. Sie hatte offenbar einen Anruf von jemandem erhalten, wie die Zofe später erklärte, und war dann, von den Leibwächtern unbehelligt, mit einem der Autos in Richtung Innenstadt gefahren.

Romanow hatte, wie vom Mechaniker angewiesen, niemanden verständigt. Nervös trommelten seine Finger auf den Schreibtisch. Sein Handy lag vor ihm. Er wartete nun schon seit zwei Stunden. Er schaute zum wiederholten Mal auf seine Uhr. Der Zeiger war schon fast auf drei vorgerückt. Draußen dunkelte es bereits langsam und leichter Schneefall hatte eingesetzt.

Plötzlich klingelte das Handy. Am anderen Ende der Leitung war der Mechaniker mit seiner immer gleich klingenden, sanften Stimme:

»Es ist etwas schiefgelaufen. Ihr Sohn. Kommen Sie sofort zur Basilius-Kathedrale. Erster Stock. Kommen Sie allein!« Dann legte er auf, bevor Romanow etwas sagen konnte.

Romanow kochte vor Wut. Er würde diesen Wicht, dieses Würstchen eigenhändig abschlachten. Nein, er würde ihn zuerst foltern. Stunden-, tagelang würde er ihn den schlimmsten Qualen aussetzen, die ein Mensch je erlebt hatte, dieses Schwein würde sich wünschen, nie geboren worden zu sein. Romanow schrie nach Victor. Den Teufel würde er tun und allein dorthin gehen, wie der Mechaniker ihn angewiesen hatte. Falls er seinem Sohn auch nur ein Haar gekrümmt hatte …

Die Tür flog auf und Victor sowie drei weitere Leibwächter standen da und waren bereit. Romanow instruierte die vier in knappen Sätzen. Drei sollten vorgehen und sichern, er selbst werde über den Roten Platz direkt zum Haupteingang der Basilius-Kathedrale und dann in den ersten Stock hinaufgehen, wie vom Mechaniker instruiert. Victor solle ihm in sicherem Abstand, das Kaufhaus GUM umrundend, folgen und auch den Haupteingang benutzen, wenn er, Romanow, schon drinnen sei. Er werde den Killer in ein Gespräch verwickeln. Man solle nicht schießen, wer weiß, wo sein Sohn sei. Die Männer nickten und liefen los. Romanow wartete etwa zehn Minuten, prüfte seine Waffe und machte sich auch auf den Weg.

*

Es war kurz nach drei Uhr nachmittags. Der Himmel trug grau, das Licht war fahl, es war eiskalt. Romanow eilte schnellen Schrittes aus dem Haus, bog links ab und lief dann die Stufen der Treppe hinauf, vorbei an Straßenhändlern, die ihre wertlose Ware auch bei dieser Eiseskälte zu verkaufen suchten. Gesenkten Hauptes, die dicke Fellmütze tief über die Stirn gezogen, die Hände in den Taschen des Pelzmantels vergraben, eilte er die Nikolskaja-Straße hinunter, die zwischen der Kasanskij-Kathedrale und einem der unzähligen Eingänge des Kaufhauses GUM direkt in den Roten Platz mündete. Der Schneefall war etwas stärker geworden.

Romanow dachte nur an sein Ziel, hob kurz den Kopf und kniff die Augen zusammen, um sie vor den vom Wind durch die Luft gepeitschten Schneeflocken, die sich auf den Wangen wie Nadelstiche anfühlten, zu schützen: die Basilius-Kathedrale. Sie erhob sich am gegenüberliegenden Ende des sechzigtausend Quadratmeter großen Roten Platzes. Die zwiebelförmigen, teils goldenen, teils farbigen Kuppeln der Kathedrale waren aus dieser Entfernung nur schemenhaft auszumachen. Er senkte seinen Kopf wieder und hastete weiter über das Kopfsteinpflaster. Seine Schritte knirschten leise auf der dünnen Schneedecke. Er hatte heute kein Auge für das Treiben links und rechts von ihm, weder die mit tausenden Leuchten geschmückte Front des GUM noch die Kreml-Mauer bedachte er mit einem Blick. Mit jedem Schritt, den er über den Platz stapfte, schälte sich die Basilius-Kathedrale weiter aus dem Nebel und Schneegestöber, das nun immer stärker wurde. Dann stand er vor einem der imposantesten und schönsten Bauwerke, die es gibt – man erzählt sich, dass Iwan der Schreckliche, der die Basilius-Kathedrale bauen ließ, dem Architekten nach der Fertigstellung die Augen ausstechen ließ, auf dass dieser nie wieder eine so schöne Kathedrale bauen könne.

Victor stand schon da und hielt die westliche Tür auf. Romanow deutete mir einer Geste an, dass Victor in einigem Abstand hinter ihm bleiben solle, und dann betraten sie die Kathedrale. Victor schloss das Portal hinter ihnen und ließ Romanow vorgehen – die Treppe hinauf in den ersten Stock, wie es der Mechaniker verlangt hatte.

Die Kathedrale, dem Heiligen Basilius gewidmet, ist keine Kirche im herkömmlichen Sinn, denn sie besteht aus insgesamt neun Kirchen, von denen acht Kirchen, miteinander verbunden durch unzählige Gänge, Treppen und Galerien, sich einem Oktogon gleich um die neunte, in der Mitte gelegene, gruppieren. Ein wahres Labyrinth für jeden, der sich nicht auskennt.

Romanow hatte den ersten Stock erreicht, alles war still. Er wusste nicht genau, in welcher der Kirchen sich der Mechaniker aufhielt. Seine Leibwächter waren nicht zu sehen, doch das war gut so, denn sie hatten bestimmt schon irgendwo im Inneren Position bezogen und verhielten sich ruhig, wie er es angeordnet hatte. Er zog seine Waffe und ging langsam auf einer der inneren Galerien weiter.

Plötzlich hörte er ein schabendes Geräusch hinter sich, drehte sich blitzschnell um und hätte fast geschossen – aber es war nur Victor, der ihm mit gezogener Waffe leise gefolgt war. Romanow atmete erleichtert auf; die düsteren Gänge, das fahle Licht, das matt durch die kleinen Fenster und Scharten in das Innere der Kathedrale fiel, wirkten unheimlich. Selbst er, der keine Furcht kannte, wie er bisher dachte, hatte ein mulmiges Gefühl. Er atmete tief durch, dachte an seinen Sohn und was wohl mit ihm geschehen sei, deutete Victor mit einer Geste an, er solle etwas zurückbleiben, und dann hörte er ein Geräusch am Ende der Galerie, als summte jemand eine Melodie. Er war da!

Romanow fühlte das kühle Metall der Smith & Wesson in seiner Hand und ging sachte, Schritt für Schritt weiter bis zum Ende der Galerie und betrat dann den reich verzierten und mit Ikonen übersäten Innenraum einer der acht Kirchen.

Der Mechaniker stand mit dem Rücken zu Romanow vor einer großen Ikone, die »Maria, die heilige Mutter Gottes« hieß und von der aus diese mit ausgebreiteten Armen, von unzähligen Heiligen und vier Engeln umgeben, mit einem goldfarbenen Heiligenschein versehen, in den Raum lächelte.

Romanow war stehen geblieben, der Mechaniker summte tatsächlich immer noch das Ave Maria. Der Mechaniker machte keine Anstalten, sich umzudrehen, sondern fragte: »Glauben Sie an Gott?«

Romanow platzte der Kragen. Er hatte weder Zeit noch Lust, sich auf Spielchen einzulassen, das metallische Klicken, als er den Hahn seiner Pistole spannte, hallte leise von den Kirchenwänden wider.

»Wo ist mein Sohn, du Schwein?«

Der Mechaniker drehte sich langsam um, dann schaute er in aller Ruhe auf seine Uhr.

Der Schlag war ansatzlos und blitzschnell. Die unglaubliche Härte und Präzision, mit der der Mechaniker zugeschlagen hatte, zertrümmerte

Romanows Sinus caroticus. Dieser Punkt an der Halsschlagader wird auch Bulbus genannt und steuert den arteriellen Blutdruck eines Menschen. Romanows Bulbus war vom Schlag des Mechanikers irreversibel zerquetscht worden, sein Gehirn erhielt demzufolge falsche Signale und begann, den Blutdruck abzusenken. Romanow stand wie gelähmt da und war unfähig zu begreifen, was ihm geschehen war; er hatte den Schlag nicht einmal ansatzweise kommen sehen, er versuchte nach Luft zu schnappen – er hatte noch zwei Minuten zu leben.

Die Waffe glitt ihm aus der Hand und landete im selben Augenblick scheppernd auf den Fliesen, als das Handy des Mechanikers leise klingelte. Während er Romanow mit der linken Hand am Arm packte, damit dieser nicht umfiel, zog er mit der rechten sein Handy aus dem Jackett – und dies alles in fließenden, geschmeidigen Bewegungen, die denen eines Panthers glichen. Dann hielt er das Handy an Romanows Ohr und sagte mit sanfter Stimme:

»Es ist für Sie.«

Romanow röchelte nach Sauerstoff, sein Körper senkte den Blutdruck immer weiter, der Raum begann, sich um ihn zu drehen, er wäre schon jetzt zu Boden gestürzt, hätte ihn nicht der stahlharte Griff des Mechanikers um seinen Oberarm aufrecht gehalten.

»Man kann mit Geld nicht alles kaufen, Sergej.«

Die Stimme des Mannes am anderen Ende der
Leitung war leise und dennoch von einer so absolu-
ten Kälte, wie es selbst Romanow noch nie gehört
hatte. Im Hintergrund war Musik zu hören. Das
Ave Maria drang leise, aber deutlich an Romanows
Ohr. Sein Blutdruck sank noch weiter ab, ein grauer
Schleier legte sich über seine Augen, er japste nach
Luft, seine Beine knickten ein, der Mechaniker lo-
ckerte den Griff, ohne ihn loszulassen, sodass Romanow langsam wie in Zeitlupe auf die Knie sackte
und in dieser Position wie im Gebet verharrte. Der
Mechaniker hielt ihm auch in dieser Position weiterhin das Handy ans Ohr und die Stimme am anderen Ende sagte:

»Ich konnte nicht zulassen, dass du meiner Tochter etwas antust, Sergej.«

Plötzlich wurde ihm klar, wer der Mann am anderen Ende der Leitung war, aber Romanow wäre
sowieso nicht mehr fähig gewesen, etwas zu erwidern. Die Stimme drang jetzt wie aus weiter Ferne
an Romanows Ohr, sein Blutdruck war so weit ab-
gesunken, dass ihm schwarz vor Augen wurde.

»Du verstehst das nicht, Sergej, aber die Familie
ist *heilig*.«

Es klickte und die Leitung war tot.

Romanow sank auf die Seite, der Mechaniker ließ
ihn sachte los. Das Letzte, was Romanows sterben-
de Augen sahen, war Victor, der aus dem Dunkel
des Ganges hervorkam, seine Waffe einsteckte und

vor den Mechaniker trat. Dieser reichte Victor die Hand und sagte in perfektem Russisch:

»Sie haben uns einen großen Dienst erwiesen, Genosse Major.«

Victor übersah die ausgestreckte Hand des Mechanikers und antwortete:

»Ich habe es für mein Land getan.«

Dann spuckte er auf Romanows Leiche und ging.

Tesla

Er hatte sie im Sommer, vor fast drei Monaten, das erste Mal gesehen. Auf Anhieb hatte er gewusst, dass sie die Richtige war. Die Beste der Besten. Sie war mit Abstand die Schönste, die er je gesehen hatte, und sie musste und würde ihm gehören. Daran gab es keinen Zweifel. Er war schließlich, wenn auch etwas klein und pummelig geraten, noch recht jung, sympathisch und zuvorkommend, hatte Humor und war stets hilfsbereit. Das würde jeder, der ihn kannte, sofort und ohne Vorbehalt bestätigen.

Gewiss, es würde eine Weile dauern, aber er hatte ja Zeit. Er wusste, dass man diese Dinge nicht überstürzen durfte. Diesen Fehler, den schon so viele vor ihm gemacht hatten, würde er nicht begehen.

Also beobachtete er sie während des ganzen Sommers. Immer aus sicherer Entfernung und mit dem Fernglas hinter den abgedunkelten Scheiben seines Vans: wie sie die Straße entlangging, die Abkürzung durch den kleinen Park nach Hause nahm, ihr langes, rotes Haar bei großer Hitze zu einem Pferdeschwanz zusammenband, mit Freundinnen lachte. An kühleren Tagen trug sie das Haar offen, dann sah es aus wie das Signalfeuer eines Leuchtturms bei Nacht und wies ihm auch von Weitem den Weg zu ihr.

Es wurde Herbst, die Blätter fielen von den Bäumen, ihre Kleidung verhüllte nun ihren perfekten Körper stärker. Er versuchte, sich an irgendetwas Vergleichbares zu erinnern, und musste alle Vergleiche verwerfen. Manchmal stellte er sie sich als einen Frühlingsgarten im Paradies vor. Ihr Körper verströmte einen einzigartigen Duft. Eine Frische, die überirdisch sein musste. Nicht bloß die Frische der Limetten oder Bitterorangen, von Myrrhe oder Zimtblatt oder Krauseminze oder Kampfer. Nein. Er stellte sich die Frische ihres Körpers als einen betörenden Geschmack vor, einer Mischung aus Zypresse, Bergamotte und Moschus, mit einem Hauch von Jasmin, Narzisse und Rosenholz. Wie honigsüße Milch, in der sich ein Biskuit auflöst, musste sie schmecken. Es war kaum vorstellbar, dass sie ein Mensch war. Selbst ihr Schweiß musste duften wie eine frische Meeresbrise, der Talg ihrer Haare so süß wie Nussöl, ihr Geschlecht ein Bukett von Wasserlilien und die Haut wie Aprikosenblüten im Frühling. All das ergab ein Wesen, so reich, so ausbalanciert, so zauberhaft, dass alles, was er bisher erlebt hatte, zu schierer Sinnlosigkeit verkam. Sie war eine göttliche Prinzessin in seinen Augen.

*

Seit über einem Jahr war nichts mehr geschehen im idyllischen Oberbayern. Jede Bemühung der Sonderkommission Löwe, kurz SOKO L (deren interner Name »Diabolus« streng geheim gehalten wurde, um den Gerüchten nicht noch weiter Vorschub zu leisten), die vor fast zwei Jahren ins Leben gerufen worden war und zu der die besten Experten des Landes gehörten, war im Sand verlaufen. Hunderte potenzieller Zeugen wurden vernommen, ganze Dörfer, vorab die Männer, wurden aufgefordert, Gentests über sich ergehen zu lassen.

Es half alles nichts. Nicht einmal ein Phantombild des Täters konnte angefertigt werden. Dabei war er ein wahres Monster, denn die Leichen der Mädchen waren so bestialisch verstümmelt, dass mancher hinter vorgehaltener Hand munkelte, ein Werwolf würde sein Unwesen treiben. Die Älteren wiederum waren überzeugt davon, dass der Teufel persönlich nach Oberbayern gekommen sei, um späte Rache dafür zu nehmen, dass man so nahe am Obersalzberg wohne. Und wieder andere waren felsenfest der Meinung, dass es gar die rastlose Seele Hitlers selbst sei, der als Dämon zurückgekehrt wäre, um an den schönsten weiblichen Nachkommen seiner treulosen Untertanen späte Rache zu üben.

Das war natürlich alles Unsinn.

Die SOKO »Diabolus« hatte mittels aufwendiger forensischer Analysen längst festgestellt, dass die Mädchen sehr wohl einem Menschen zum

Opfer gefallen waren. Allerdings – und das gaben selbst die erfahrensten Beamten zu – musste es sich in der Tat um ein wahres Monstrum der Gattung Mensch handeln. Die Wunden und Verstümmelungen am ganzen Körper der Opfer waren so außergewöhnlich, dass selbst dem erfahrenen Gerichtsmediziner, der die Autopsie am ersten Mädchen vornahm, beinahe schlecht dabei wurde. »Das Opfer muss durch eine Hölle unvorstellbarer Qualen gegangen sein, bevor es verstarb«, schrieb der Pathologe, entgegen seinem sonst streng sachlichen Stil, in den Bericht.

Drei Mädchen wurden Opfer im Abstand von wenigen Monaten, dann hörten die Morde so plötzlich auf, wie sie angefangen hatten. Seit über einem Jahr war nichts mehr geschehen. Wahrscheinlich war der Mörder in eine andere Gegend gezogen, so die Annahme der Polizei – oder der Dämon sei in die Hölle zurückgekehrt, meinten die Alten.

*

Man darf mit Fug und Recht behaupten, dass das modernste Auto der Welt weder in Deutschland noch in Japan und schon gar nicht in Korea gebaut wird. Nein, das innovativste und technologisch anspruchsvollste Serienfahrzeug der Welt wird in den USA, im fernen Kalifornien gebaut, in einem Ort namens Palo Alto.

Der Tesla, wie das Fahrzeug in Erinnerung an den großen, verrückten Erfinder und Physiker Nikola Tesla genannt wird, ist das erste Serienauto der Welt, das ausschließlich mit Stromkraft fährt. Trotzdem ist er ein Sportwagen erster Güte. In seinen Dimensionen mehr Limousine denn Sportcoupé, erreicht er über 200 Stundenkilometer, und dies bei einer Beschleunigung, die so manchem protzenden Benzinsportwagen die Schamesröte auf den Kühlergrill treibt.

*

Das fahle Dämmerlicht tauchte die Umgebung in eine eigenartige Melange aus Grau in Grau. Leichter Schneefall hatte eingesetzt und blieb wie eine Schicht Zuckerwatte auf dem Asphalt liegen. Der Schein der Weihnachtsbeleuchtungen vermochte den weißen Vorhang nicht zu durchdringen.

Heute war der letzte Schultag, noch eine Woche bis Weihnachten. Die langen Monate des Wartens waren zu Ende. ›Wir werden es schön zusammen haben‹, dachte er, während er im Fond seines dunklen Vans durch die getönten Rückfenster nach ihr Ausschau hielt. Jeden Augenblick würde sie um die Ecke am Ende der Straße biegen. Entfernung zweihundert Meter. Alles war vorbereitet.

Die Schiebetür des Vans war einen Spaltbreit geöffnet, er konnte sie innerhalb von Sekunden aufreißen. Die Stille wurde nur dann und wann von einem der spärlich vorbeifahrenden Autos durchbrochen.

Er hatte sich die schwarze Wollmütze tief ins Gesicht gezogen, doch die Ohren frei gelassen. So entging ihm kein Geräusch.

Er stellte sich vor, wie sie Angst haben würde. Die Mädchen vor ihr hatten auch Angst gehabt. Und die Tiere, die er früher getötet hatte, ebenfalls. Je größer die Tiere, umso verängstigter waren sie gewesen. Insekten, Frösche und Vögel, die er als Kind zu Tode gequält hatte, waren langweilig gewesen. Deshalb machte er sich später an Katzen und Hunde heran. Das war schon viel spannender. Denn sie wussten, wenn es ans Sterben ging.

Bei ihr aber würde er sich Zeit lassen – sehr viel Zeit.

Früher hatte er sich manchmal gefragt, warum er so war, so empfand. Warum es ihm Lust bereitete, Lebewesen zu quälen und zu töten. Einmal hätte er seine Neigung fast seiner Mutter gebeichtet, doch Gott hatte ihn davor gewarnt. Er war Gott heute noch dankbar für dessen Gnade. Denn nicht er war abnorm, nein, ganz und gar nicht. Er war der Auserwählte. Alle anderen waren dazu bestimmt, von ihm, dem Jäger, zur Strecke gebracht zu werden.

*

Dick eingepackt in ihre Winterjacke bog sie in die Straße ein und kam mit ihrem unvergleichlich leichtfüßigen Gang auf der gegenüberliegenden Straßenseite näher. Der Pferdeschwanz wippte bei jedem Schritt und leuchtete im weichen Winterlicht. Je näher sie kam, umso mehr wuchs seine Begierde. Er stellte sich ihre makellose Haut unter der dicken Bekleidung vor. Die kaum beginnenden Ansätze von Brüsten, die er im Sommer schon an ihr beobachtet hatte, mussten sich jetzt schon zu leichten Häubchen entwickelt haben. Unendlich zart und wahrscheinlich schon etwas beflaumt ihre Scham, duftend wie ein Rosengarten, versteckt zwischen den festen, schmalen Schenkeln und vielleicht von Sommersprossen umsprenkelt.

Je näher sie kam, umso deutlicher konnte er sie sehen, desto größer wurde seine Lust, desto weniger konnte er seine Begierde im Zaum halten. Und je näher sie sich, Schritt um Schritt auf und ab wippend, fröhlich summend seinem Wagen näherte, war ganz deutlich zu erkennen: Das Mädchen war elf oder zwölf Jahre alt – also noch ein Kind!

Jetzt war sie fast auf der Höhe des Vans.

Er hielt den Wattebausch mit Chloroform in seiner linken Hand, während er die Tür etwas weiter zurückschob und lauschte. Sehr gut, absolute Stille draußen. Er dankte Gott und machte sich zum Sprung bereit. Es musste schnell gehen. Wie bei den anderen. Er würde wie ein Raubtier aus dem Van springen, das Mädchen packen, betäuben und in den Wagen verfrachten.

Noch fünf Sekunden, dann wäre sie auf der Höhe des Vans.

Schweiß trat auf seine Stirn, er zitterte vor Lust.

Ganz langsam würde er beginnen, mit den Utensilien, die er selbst angefertigt hatte.

Mit einem Ruck riss er die Tür auf und sprang mit einem Riesensatz aus dem Auto.

*

Der Tesla erfasste ihn mitten im Sprung.

Das Elektroauto war völlig lautlos angebraust gekommen, der Pulverschnee auf der Straße hatte selbst das Abrollgeräusch der Reifen praktisch neutralisiert.

Beinahe wäre dem Fahrer ein Ausweichmanöver gelungen. Doch die Geschwindigkeit war viel zu hoch.

Der Tesla erwischte den Mann mit der Stoßstange am linken Unterschenkel dermaßen präzise, sodass dieser, wie ein Schlittschuhläufer, der eine gigantische Rittberger-Pirouette vollführt, fünf Meter durch die Luft geschleudert wurde. Mit größter Wahrscheinlichkeit hätte er jedoch den Zusammenprall überlebt – wäre da nicht dieser Hydrant am Straßenrand gewesen. Sein Schädel wurde beim Aufprall geknackt wie eine Nuss.

Derweil kam der Tesla etwa vierzig Meter weiter leicht schlingernd zum Stehen.

*

»Darf ich jetzt nach Hause fahren, Herr Inspektor?« Franz-Josef Obermayer, seines Zeichens Oberinspektor und Leiter der SOKO »Diabolus«, ging schon auf die sechzig zu, hatte einen Körperbau wie ein Bär und in seiner langen Laufbahn so ziemlich alles gesehen, was ein Polizist sehen kann. Aber die Leichen der Mädchen waren selbst ihm zu viel gewesen. Noch schlimmer war seine Wut darüber, dass die SOKO »Diabolus« keinen Schritt weiterkam. Umso größer war sein Erstaunen, dass diese junge Frau, Gräfin Olga von und zu Hohenhausen-Wittlinstein, geborene Kulikowa, die er eine Stunde lang vernommen hatte, den Mädchenmörder mit ihrem Elektroauto zur Strecke gebracht hatte.

Als Obermayer den Namen auf dem Personalausweis gelesen hatte, wusste er sofort, wen er vor sich sitzen hatte. Die junge, große Frau mit dem gewellten, blonden Haar und mit einer Figur ausgestattet, um die sie selbst Claudia Schiffer in ihren besten Jahren beneidet hätte, hatte vor einigen Jahren den steinreichen, alten und ziemlich exzentrischen Graf von und zu Hohenhausen-Wittlinstein geheiratet. Die Klatschspalten waren damals wochenlang voll davon gewesen. Ein kinderloser, alter Graf gibt einer dreißig Jahre jüngeren Russin sein Jawort – das war doch eindeutig: Die Erbschleicherin war hinter des Grafen Geld, Titel und Ländereien her.

Da sich das Ehepaar jedoch sehr selten öffentlich zeigte, erlosch das Interesse der Medien nach und nach. Es hieß, der Graf sei oft auf Reisen, seine Frau lebe zurückgezogen.

Diese Frau saß nun, zunächst völlig aufgelöst, vor Oberinspektor Franz-Josef Obermayer und hatte sofort zugegeben, dass sie mit überhöhter Geschwindigkeit unterwegs gewesen sei. Und dass es ihr alleiniger Fehler gewesen sei, den Mann, der wie aus dem Nichts vor ihrem Wagen aufgetaucht sei, angefahren zu haben. Sie habe noch versucht auszuweichen, aber der Schnee und die Geschwindigkeit … Sie begreife nicht, wie es möglich sei, dass ein Mensch einen so gewaltigen Sprung machen könne.

Obermayer hatte den mündlichen Bericht der Beamten gehört, die als Erste vor Ort eingetroffen waren. Auch die beiden Augenzeugen, die den Unfall beobachtet hatten, bestätigten, was die Gräfin zu Protokoll gegeben hatte. Genauso eindeutig waren die Beweismittel, die im Van des jungen Mannes gefunden wurden: zwei Flaschen Chloroform ebenso wie diverse Operationsbestecke, wie man ihm berichtet hatte. »Und noch ein paar weitere Scheußlichkeiten, die Sie sich am besten selbst anschauen, Herr Oberinspektor«, hatte der Beamte mit unüberhörbarer Abscheu in seiner Stimme bei dem Telefonat berichtet. Die Beweislast war erdrückend. Bei dem Mann, den die junge Frau zu Tode gefahren hatte, handelte es sich zweifellos um den gesuchten Mädchenmörder.

»Herr Inspektor …?«

Er überlegte: Die Gräfin hatte alles zugegeben, das Protokoll war unterschrieben, der Tesla fahrtüchtig und der Unfallhergang geklärt. Weitere Abklärungen am Wagen waren nicht nötig. Und die Gräfin schien sich wieder gefasst zu haben. Es gab also keinen Grund, sie länger festzuhalten. Obermayer schaute sie kurz an, dann nickte er und sagte:

»Selbstverständlich, gnädige Frau. Aber fahren Sie bitte vorsichtig und verlassen Sie München vorläufig nicht.«

«Danke, Herr Inspektor. Und ja … gewiss. Ich möchte nur etwas ausruhen. Diese ganze Geschichte hat mich sehr mitgenommen. Er war so jung, er hatte noch sein ganzes Leben vor sich …«

Obermayer hob die Hand und unterbrach sie.

»Es war eine Fügung des Schicksals. Fahren Sie vorsichtig nach Hause, gnädige Frau.«

Dann stand er auf, ging um seinen Schreibtisch herum und reichte ihr seine massige Hand, während er die andere tröstend auf ihre Schulter legte. Er konnte ihr nicht sagen, wer der Tote war, auch wenn er sie damit wahrscheinlich erleichtert hätte. Er wusste, dass er nicht gegen das Amtsgeheimnis verstoßen durfte. Leider konnte er ihr nicht sagen, dass sie der Welt einen Dienst erwiesen hatte, indem sie dieses Scheusal überfahren hatte.

Als die Gräfin gegangen war, ließ er sich mit einem leisen Seufzer in den Bürosessel fallen. Was für eine Geschichte! So lange hatten sie nach diesem Monster gesucht, und dann erwischte ihn ein Elektrosportwagen, von dem er, Obermayer, noch nie vorher gehört hatte. Die junge Frau tat ihm leid. Sie stand unter Schock, der Graf war für Wochen auf einer Expedition und nicht erreichbar, und sie würde eine Strafe erhalten, wenn voraussichtlich auch auf Bewährung.

›Ich werde ein gutes Wort für sie einlegen‹, entschied Obermayer, ›schließlich ist der Staatsanwalt mein Cousin, und in Bayern zählt so etwas noch.‹

In diesem Augenblick verwarf er alle Vorurteile, die er gegen die junge Russin gehabt hatte, denn sie hatte im Verhör nicht nur ihre Schuld an dem Unfall gestanden, sondern auch gesagt, dass sie sich selbstverständlich vor Gericht verantworten würde. Sie würde jede Strafe auf sich nehmen für ihren Fehler, hatte sie angefügt.

»Wenn nur alle Menschen eine solche Ethik und Moral besäßen«, seufzte Obermayer, als er zum Telefon griff, um seinen Cousin, den Staatsanwalt, anzurufen.

Im selben Augenblick stieg unten im Hof des Kommissariats die junge Gräfin in ihren Tesla und fuhr durch das sich automatisch öffnende Tor von dem Gelände.

Sie zündete sich eine Zigarette an, öffnete das Fenster einen Spalt, sodass der Rauch in die eisige Nachtluft entweichen konnte, und gab Gas.

Nach einer guten halben Stunde hatte sie die Autobahnausfahrt erreicht und bog auf die nächtliche Landstraße ein. Der Schneefall hatte nachgelassen, aber diesmal fuhr sie langsam und ohne Hast. Aber sie fuhr nicht nach Hause, sondern nahm erneut Kurs in Richtung des Obersees. Bei diesen Temperaturen würde der See schon in wenigen Tagen zufrieren, wie sie in Erfahrung gebracht hatte.

Dieser Idiot, der ihr vor den Wagen gesprungen war, hätte beinahe alles verpfuscht. Zum Glück hatte man den Tesla nicht genauer unter Lupe genommen und – Gott sei es gedankt, dass die Polizisten in diesem Land so leichtgläubig waren. Denn Olga Kulikowa, Gräfin von und zu Hohenhausen-Wittlinstein, musste endlich die verdammte Leiche ihres Ehegatten loswerden, die im Kofferraum des Wagens lag.

Wunschtraum

Grete und Kuno Wachowski kannten sich seit ihrer Jugend und waren jetzt über vierzig Jahre verheiratet. Seit ihrer Hochzeit lebten sie in einem kleinen Einfamilienhaus am Stadtrand von Hamburg. Sie hatten ihr ganzes Leben lang hart gearbeitet, das Haus war bezahlt, die Kinder längst flügge. Die Tochter lebte in Amerika und der Sohn in Australien. Sie besuchten ihre Eltern alle zwei oder drei Jahre – »wenn es sich einrichten lässt«, wie sie immer öfter und unabhängig voneinander verlauten ließen.

Kuno Wachowski war ein stämmiger Mann mit einem fast quadratischen Kopf, der seine Herkunft aus Polen, auch nach all den Jahren in Hamburg, nicht leugnen konnte. Seine Haut hatte die Beschaffenheit von Leder, seine Hände waren voller Schwielen als Zeugnis harter körperlicher Arbeit und sein Gesicht war mit Furchen durchzogen – damit hätte er jedem Seebären alle Ehre gemacht und wäre auch selbst als solcher durchgegangen. Aber zur See war Kuno nie gefahren, sondern hatte Ladungen der Schiffe im Hafen von Hamburg gelöscht. Sommers wie winters, tagein, tagaus.

Seine große Leidenschaft galt dem Angeln. Seit er vor fünf Jahren in Rente gegangen war – stolz darauf, auch an seinem letzten Arbeitstag die Schicht durchgearbeitet und nicht einen einzigen Tag wegen Krankheit oder Unfall gefehlt zu haben –, widmete er sich täglich dieser Passion. Bei Wind und Wetter verließ er das kleine Haus schon frühmorgens, um an der Alster Fische aus dem Fluss zu angeln und immer öfter auf dem einen oder anderen Fischkutter hinaus aufs Meer zu fahren. Den Fischern dankte er es, indem er ihnen beim Einholen der Netze half. Als Gegenleistung durfte Kuno an der Reling fischen.

Kuno angelte aus Spaß an der Sache und nicht, weil er Fische als besondere Delikatesse empfand. Sein Traum, den er gerne und dauernd wiederholte, lautete: »Ich möchte eines Tages den fettesten Fisch der Welt fangen.« Was er genau damit meinte, war aus Kuno nicht herauszubekommen. Seine lapidare Erklärung war stets: »Man darf ja wohl noch träumen dürfen.«

Vor Kunos Ruhestand hatte sich seine Frau Grete auch um die Haustechnik gekümmert. Aber da Kuno das Kellergeschoss zu seinem »Anglerreich« umfunktioniert hatte, verkündete Grete eines Tages: »Du kümmerst dich ab jetzt um den Heizkram und so. Mich siehst du da unten nicht mehr.«

Kuno war das mehr als recht, denn so hatte er sein Refugium für sich und seine Ruhe. Hinter einer schmalen Tür, die sich direkt unter der Treppe zum ersten Stock befand, führte eine ebenso schmale wie schlecht beleuchtete Treppe in den Keller. Dieser war nicht sonderlich groß. Doch Kuno fühlte sich dort wohl. Mit den Jahren war einiges zusammengekommen: Sauber reihten sich Kunos Angelruten jeder Bauart und Länge aneinander. Auf schmalen Regalen, die er selbst gefertigt hatte, lagen in alten Marmeladengläsern und sonstigen Behältern alle Arten und Variationen von Haken, Ködern und Ösen. Auch reißfeste Angelschnüre aus Nylon, Kevlar, Dyneema und Spectra hingen auf Rollen, die mit Nägeln an den Wänden befestigt waren.

Grete Wachowski, geborene Steevers, war in mancherlei Belangen ihrem Mann sehr ähnlich. Genau wie er war sie groß und breit gebaut, mit den Jahren wurde sie erst korpulent, und einige weitere Jahre später konnte man sie nur noch als fett bezeichnen. Ihre breiten Hüften, der melonengroße Busen und der noch größere Bauch, der mit den Jahren selbst mit den weitesten Röcken nicht mehr zu verbergen war, verliehen ihr das Aussehen eines Walfisches, was Kuno dann und wann dazu verleitete, sie insgeheim einen »fetten Fisch« zu nennen. Offen hätte er dies nie auszusprechen gewagt, denn im Haushalt der Wachowskis herrschte seit vierzig Jahren eine klare Rollenverteilung: Kuno beschaffte das Geld, um die Familie zu ernähren, und Grete bestimmte alles andere.

Doch Zeit und Alter machten die beiden nicht weise und nachsichtig. Der zur Routine gewordene Tagesablauf, der Mangel an gegenseitiger Wertschätzung und Zuneigung sowie die seit Jahren vollkommene sexuelle Abstinenz verstärkten die schlechten Charaktereigenschaften je länger, je mehr. Kuno wurde immer verschlossener, Grete immer geiziger.

In den frühen Ehejahren war Gretes übersteigerte Sparsamkeit ein Segen für die Familie gewesen, denn Kuno konnte mit Geld nicht umgehen. Doch im Lauf der Zeit wurde Gretes Geiz einseitig. Bei jeder Anschaffung, die Kuno tätigen wollte, und sei es nur eine neue Hose oder eine Jacke (was selten vorkam, denn Kuno machte sich nicht viel aus Kleidung) oder bei jedem noch so kleinen Teil, um seine Angelausrüstung zu vervollständigen, schrie Grete ihn an und sagte Dinge wie: »Wenn ich nicht wäre, würden wir schon lange am Hungertuch nagen, du Verschwender!«

Für sich selbst jedoch griff Grete gerne tief in die Brieftasche. Dennoch hatte sie zugleich mit dem eher bescheidenen Einkommen und den Renten der beiden eine erkleckliche Summe auf dem gemeinsamen Bankkonto angespart.

Gretes großer Traum war eine Kreuzfahrt. »Um die ganze Welt«, wie sie oft verlauten ließ.

Doch Kuno war schon der Gedanke, sein Haus und sein geliebtes Hamburg auch nur für einen Tag zu verlassen, unangenehm. »Was sollen wir denn auf den Weltmeeren, wenn wir die See vor der Haustür haben? Zudem sind Kreuzfahrten schlecht für das Klima.«, pflegte er zu knurren. Gretes Einwand, dass die Nordsee weder mit der Karibik und schon gar nicht mit der Südsee zu vergleichen sei, ließ Kuno nicht gelten. Er brummte dann jedes Mal: »Mach das, wenn ich unter der Erde bin.«

Dabei erfreuten sich sowohl Kuno als auch Grete einer eisernen Gesundheit. Sie waren in all den Jahren nie ernsthaft krank gewesen, ihr Blutdruck war normal, ebenso die Cholesterinwerte. Noch nicht einmal Rheuma oder sonstige Beschwerden, die das fortschreitende Alter oftmals mit sich bringt, plagten die beiden. Dieser Umstand ließ Gretes Hoffnung schwinden, ihre ersehnte Kreuzfahrt je machen zu können. ›Ich werde hier bei Kuno in diesem kleinen Haus vor den Toren dieser kalten Stadt sterben‹, dachte sie. Erst war sie bedrückt, dann leicht erzürnt, später gehässig und noch etwas später voller Zorn und empfand eine Art innerer Verzweiflung ob dieser Tatsache.

Kuno und Grete redeten nur noch das Nötigste miteinander. Nicht etwa, weil sie sich hassten, aber das zunehmende Alter und der Umstand, dass sie kaum Freunde hatten, trugen dazu bei, dass ihnen der Gesprächsstoff fehlte.

Es war jedoch nicht so, dass ihnen die verbale und körperliche Zuneigung fehlte. Sie waren Nachkriegskinder, mussten in der Jugend viele Entbehrungen erleiden und kannten nichts anderes als harte Arbeit und Genügsamkeit. Außerdem galt Liebe zu der Zeit, als die beiden jung waren, als etwas, das nur in Romanen zu finden war und später in Telenovelas über die Bildschirme flimmerte – aber im richtigen Leben nicht stattfand.

Wahrscheinlich hätten Grete und Kuno noch zehn oder zwanzig Jahre so nebeneinanderher gelebt, Grete von ihrer Kreuzfahrt träumend und Kuno von seinen Fischen. Doch Grete wurde von den Veränderungen der Zeit eingeholt. Die Fernseher wurden proportional umgekehrt flacher und flacher, indes Grete dicker und dicker wurde. Von allen Seiten, aus allen Kanälen und von den omnipräsenten Plakatwänden wurde sie auf jede erdenkliche Weise mit Werbung überschwemmt, die ihr suggerierte, nicht nur ewig jung, sondern auch schön, glücklich und schlank sein zu müssen. Dass die mittels Photoshop gemorphten Models der Werbung, ob weiblich oder männlich, nichts mehr mit dem wahren Leben zu tun hatten, war irrelevant. Und so glaubte Grete, eine Frau Mitte sechzig und fast zweihundert Kilogramm schwer, an diese Illusionen der schönen neuen Werbewelt. Gretes Sehnsucht, die Welt in einem Kreuzfahrtschiff zu umrunden und sich, wenigstens einmal im

Leben, so zu fühlen wie die Models, losgelöst vom mühsamen Alltag – diese Sehnsucht wuchs ins Unermessliche.

*

Wer weiß, was geschehen wäre, wenn folgende Worte eines Morgens am Frühstückstisch nicht gesprochen worden wären? Kuno erwähnte beiläufig und ohne seinen Blick von der Hamburger Morgenpost abzuwenden, die er wie ein Schutzschild vor sich hielt:

»Du wirst vergesslich, Grete.«

Kuno hatte die Bemerkung gar nicht böse gemeint, sondern auf die fehlende Marmelade auf dem Frühstückstisch hinweisen wollen, denn sie fehlte schon seit mehreren Tagen. Grete, die für die Lebensmittelbeschaffung zuständig war, musste in der Tat, aber nur in Gedanken, zugeben, dass sie schon zum wiederholten Mal vergessen hatte, etwas einzukaufen, an das sie kurz zuvor gedacht hatte. Weil sie sich diese Vergesslichkeit – war das bereits Altersdemenz oder gar Schlimmeres? – nicht eingestehen wollte, erzürnte sie sich maßlos über Kunos Worte.

»Ich und vergesslich?«, antwortete sie puterrot: »Kein Wunder, ich muss mich ja um alles kümmern, während du den ganzen Tag deine blöden Fische aus dem Wasser ziehst!«

»Blöde Fische?«, blaffte er zurück und guckte hinter der Zeitung hervor. »Manche sind Säugetiere und keine Fische. Und sie sind nicht blöd. Delfine oder Wale haben sogar ein sehr gutes Gedächtnis.«

»Ah ja …«, Gretes Stimme klang jetzt giftig, »dann schick doch einen Walfisch zum Einkaufen.«

Manchmal gibt ein Wort das andere. Im Nachhinein weiß man oft nicht, wie es dazu kommen konnte. Ganze Nationen sind schon wegen solcher Kleinigkeiten in den Krieg gezogen. So geschah es auch an diesem Morgen am Frühstückstisch der Wachowskis: das falsche Wort im falschen Moment.

»Ach ja? Wenn du ein besseres Gedächtnis hättest, würdest du glatt als Wal durchgehen.«

Der nachfolgende Schlagabtausch dauerte fünf Minuten und eskalierte mit jeder Minute. Die Eheleute standen sich gegenüber und schimpften wütend aufeinander ein. Fairerweise und zu Kunos Entlastung sei an dieser Stelle angemerkt, dass es zu diesem Zeitpunkt Kuno war, der schon mehrmals versucht hatte (schreiend, weil er sonst Grete nicht übertönt hätte), sich zu entschuldigen. Aber Grete war dermaßen in Fahrt, dass ihr Erguss an Beleidigungen, gemischt mit Wehklagen wie: »Das habe ich nicht verdient, nachdem ich ein Leben lang für dich da war, du gefühlloser Klotz!«, nicht zu stoppen war. Gretes Stimme hatte zwischenzeitlich die Tonlage einer schrillen Sirene erreicht und Kunos Blutdruck die kritische Grenze. Und so kam es, wie es kommen musste: Kuno verpasste Grete eine schallende Ohrfeige!

Sofort herrschte gespenstische Stille in der kleinen Küche. Grete schien nicht begriffen zu haben, dass Kuno sie geschlagen hatte. Sekundenlang stand sie mit offenem Mund reglos da. Nur die getroffene Wange rötete sich leicht.

Dann jedoch fuhr ihre Hand erstaunlich behände zum Tisch, schnappte sich eine Tasse mit Kaffee und schüttete den Inhalt in Kunos Gesicht. Was Kuno veranlasste, schreiend und fluchend im Badezimmer zu verschwinden, um sich das Gesicht mit kaltem Wasser zu kühlen, dann in den Keller zu stürmen, um eine seiner Angelruten zu packen und – die Haustür krachend zuschlagend – nur noch zu rufen: »Du fetter Fisch, du …!«

Grete konnte sich nicht erinnern, je in ihrem Leben so gedemütigt worden zu sein. Der Weinkrampf dauerte fast eine Stunde.

Als sie sich endlich beruhigt hatte, wallte unbändige Wut in ihr auf. Ihr ganzes Leben hatte sie sich für die Familie aufgeopfert, jede Entbehrung auf sich genommen – und jetzt das? Das war der Dank ihres Gatten für all die Jahre? Aus der Wut wurde Zorn, aus dem Zorn wurde Hass!

Dieser kleine Augenblick, dieser kurze Moment, in dem aus einer jahrelangen Gleichgültigkeit binnen Sekunden abgrundtiefer Hass erwuchs und so dem Bibelwort »Wind säen und Sturm ernten« nie eine treffendere Gültigkeit gab, veranlasste Grete, das erste Mal seit Jahren in den Korridor zu stürmen, die Kellertür aufzureißen und die Treppe hinunterzustapfen. Ihre Absicht war es, Kunos Angelausrüstung in den Müll zu schmeißen. Sie würde alles, was er in jahrelanger Arbeit mühselig gekauft und zusammengetragen hatte, um seinem blöden Hobby zu frönen, entsorgen. Sie wollte es ihm heimzahlen, in einer Art und Weise, die ihn schmerzte. Mit jeder Stufe, die sie, schwer schnaufend wie eine alte Dampflok, hinabstieg, wuchs ihre Wut weiter an, während sie unablässig murmelte: »Ich werde dir zeigen, wer der fette Fisch ist, du Schwein.« Unten angekommen, wollte sie sich soeben daranmachen, die unzähligen Angelruten und die anderen Utensilien einzusammeln, als sie wie erstarrt innehielt.

Es dauerte einige Sekunden, bis Grete begriff, was dort groß und deutlich an der Wand hing. Je länger sie darauf blickte, desto weniger konnte und wollte sie glauben, was ihre Augen sahen …

Manchmal braucht es nur einen Tropfen, um das Fass zum Überlaufen zu bringen, manchmal einen kleinen Funken, etwas in Brand zu stecken – beides geschah in diesem Moment mit Grete. Was oben in der Küche noch ein kurzer Anfall von Hass auf Kuno gewesen war, der schon fast abgeklungen war, als sie atemlos unten im Keller stand, entfachte sich in diesem Augenblick, in dem Grete endlich begriff, was dort an der Kellerwand hing, zu einem lodernden Feuer der Rachegelüste.

Kunos Angelausrüstung einfach wegzuwerfen, reichte nicht mehr. Er musste für das, was sie soeben gesehen hatte, viel schmerzlicher büßen, dachte Grete wie von Sinnen, als sie langsam Stufe um Stufe und nach Luft japsend wieder hochstieg und dann … innehielt und sich bückte.

*

Doch irgendwann verflüchtigt sich auch die stärkste Wut.

Bei Grete dauerte es keine zwei Stunden, in denen sie dumpf vor sich hinbrütend im Wohnzimmer vor dem ausgeschalteten Fernseher gesessen hatte. Mit jeder Minute, die stumm vergangen war, verflog ihr Zorn zusehends. Kuno war schließlich ihr Ehemann. Seit vierzig Jahren schon. Und wenn sie es sich recht überlegte, war er im Grunde ein guter Mann. Nein, was sie getan hatte, war nicht korrekt. Sie ging erst in die Küche, dann in den Flur und stand schon vor der Kellertür … als das Telefon klingelte.

Grete zögerte einen Moment; so wichtig konnte der Anruf ja nicht sein. Doch das Klingeln wollte auch nach dem siebten Mal nicht aufhören. Also drehte sie sich um, legte die Schere auf die Kommode im Korridor und nahm den altmodischen Telefonhörer ab.

»Frau Wachowski?«, fragte eine forsch klingende Männerstimme.

»Am Apparat.«

»Bommer. Dr. Bommer vom Uni-Klinikum.«

»Was kann ich für Sie tun?« Gretes Stimme klang leicht verunsichert.

»Bitte kommen Sie so schnell wie möglich ins Klinikum.«

»Warum? Was ist denn passiert?«

»Kommen Sie bitte so schnell wie möglich, Frau Wachowski. Es geht um Ihren Mann!«

*

Der Mann, der sich als Dr. Bommer vorgestellt hatte, war mittelgroß, trug eine randlose Brille auf der Nase und einen weißen Kittel über dem rundlichen Bauch. Mit zügigen Schritten, die auf seine Autorität schließen ließen, kam er auf Grete zu, die am Empfang der Klinik wartete. Man habe Kuno Wachowski einer Notoperation unterzogen.

»Hirnblutung«, sagte Dr. Bommer knapp, ruhig und professionell.

Die nächsten Sätze, die der Arzt sprach, drangen wie durch eine dichte Nebelwand in Gretes Hirn: Ein Fischer am Hafen habe den Notruf getätigt. Herr Wachowski sei schon, bevor er den Fischkutter bestiegen hatte, völlig außer sich gewesen. Er habe dauernd etwas von einem »dicken, fetten Fisch« geschrien. Die Aufregung habe seinen Blutdruck, so vermute man, dermaßen in die Höhe schnellen lassen, dass sich eine Hirnblutung in der Nähe des Hirnstammes ereignet habe, wie man mittels des Tomogramms feststellen konnte.

»Ein schwaches Gefäß, vielleicht seit Geburt schon, hat dem hohen Druck nicht standgehalten«, bedauerte Dr. Bommer. Nein, er könne nicht sagen, ob es Herr Wachowski schaffe. Die nächsten Stunden seien entscheidend.

Und das waren sie auch. Am selben Abend verstarb Kuno Wachowski, ohne noch einmal zu Bewusstsein gekommen zu sein.

Grete konnte es nicht fassen. Kuno war tot. Und es war ihre Schuld. Sie hatte ihn mit dem dummen Streit dermaßen in Aufregung versetzt, dass er daran gestorben war!

*

Die Beerdigung fand in sehr kleinem Rahmen statt. Der Pfarrer sagte am schlichten Grab während eines kalten Novemberregens etwas wie »himmlischer Frieden« und dass »der Herr die Seinen zu sich ruft.«

Ihre Kinder konnten nicht zur Beerdigung kommen – zu weit die Anreise und zu viel Stress. »Aber

komm uns doch zu Weihnachten besuchen. Das
wird dir bestimmt guttun.«

*

Gretes Stimmung war die nächsten vier Wochen so
bedrückt und grau wie der November. Apathisch
saß sie in ihrem kleinen Haus herum, das plötzlich
so leer war. Die ersten Tage verrichtete sie die tägli-
chen Dinge wie in Trance. Sie kaufte ein, sie kochte
sich etwas, sie ging schlafen und stand am nächsten
Morgen auf, um genau dasselbe wie tags zuvor zu
tun. Immer wieder machte sie sich Vorwürfe. Dann
versuchte sie das, was geschehen war, zu verdrängen: den Streit in der Küche, Kunos letzte Worte,
bevor er das Haus verließ, wie sie in den Keller gegangen war, um sich zu rächen … Sie mochte gar
nicht mehr daran denken, und selbst um die Tür
zum Keller machte sie jeweils einen großen Bogen.
Vergessen war die Devise.

*

Zeit heilt alle Wunden, sagt das Sprichwort. Und
tatsächlich fand bei Grete ein erstaunlich schneller
Wandel statt. Im Dezember kam sie mehr und mehr
zur Überzeugung, dass sie nicht schuld an Kunos
Tod sei. Immer stärker wuchs in ihr die Erkenntnis:
Kuno war selbst schuld an seinem Ableben. Hätte er

sie nicht als »fetten Fisch« bezeichnet, wäre er jetzt noch am Leben.

Ja, genau!

Kuno war an allem schuld.

Er hatte den Streit begonnen.

Er hatte sie geohrfeigt.

Er hatte seinen Tod selbst herbeigeführt!

*

Zwei Wochen später, das Wetter war so bitterkalt und windig, wie man es selbst in Hamburg selten erlebte, kam Grete zu dem Schluss, dass sie ihren lang ersehnten Traum endlich in die Tat umsetzen müsste: eine Kreuzfahrt rund um die Welt.

Wozu sollte sie weiterhin sparsam sein? Um ihre undankbaren Kinder und Enkel, die sie in den letzten Jahren nie besucht hatten, zu beglücken? Und die nicht mal zu der Beerdigung ihres eignen Vaters gekommen waren?

Weitere zwei Tage später hatte Grete eine Kreuzfahrt der Superlative gebucht: einhundertsiebzehn Tage in einer Luxussuite auf einem Traumschiff, fast 50 000 Euro, einmal um die ganze Welt – Gretes Lebenstraum. Abreise in zehn Tagen, am 24. Dezember.

*

Die Koffer standen gepackt im Flur. Grete hatte das Taxi zum Flughafen für sechs Uhr früh bestellt. Sie ging nochmals alles durch: Fenster geschlossen, Herd ausgeschaltet, Kühlschrank aufgetaut und ausgesteckt, Fernseher auch, das Telefon hatte sie für die nächsten Monate abgemeldet, alle Jalousien heruntergelassen. ›Ja‹, dachte sie, während sie sich den Mantel überzog, ›es kann losgehen‹. Die Nachbarn wussten, dass sie monatelang unterwegs sein würde, »die Kinder besuchen«, hatte sie gelogen.

Sie hörte das Brummen des Motors, als das Taxi vor dem Haus hielt, und wollte gerade die Tür öffnen, als es ihr siedend heiß durch den Kopf fuhr: die Heizung! Wie habe sie nur vergessen können, die Heizung abzuschalten, schalt sie sich. Die würde den ganzen Winter über in Betrieb sein … Herrgott noch mal, wozu heizen, wenn keiner da ist?

Sie hörte das Hupen des Taxis.

Die Heizung doch einfach eingeschaltet lassen?

Wieder hupte das Taxi.

Gretes Geiz obsiegte. Sie eilte durch den Korridor, riss die Tür zum Keller auf, schaltete das karge Licht ein und hastete, so schnell ihr massiger Körper dies erlaubte, die Treppe hinunter.

*

Grete fühlte sich eine Sekunde lang schwerelos, leicht wie eine Feder. Ihr fast zweihundert Kilogramm schwerer Körper stürzte in einem schon elegant zu nennenden Flug die Treppe hinab – einem Walfisch gleich, der mühelos durch das tiefe Blau des Meeres gleitet.

Die mehrfaserig geflochtene, reißfeste Kevlar-Angelschnur, die sie in ihrer Wut auf Kuno vor ein paar Wochen – nach ihrem Streit in der Küche – zwischen der dritten und vierten Treppenstufe gespannt und wegen des Telefonats mit dem Arzt vergessen hatte zu entfernen, war im düsteren Licht so gut wie unsichtbar.

Das Letzte, was sie in ihrem Leben sah, war das große Pappschild, das Kuno an die Kellerwand gehängt hatte und das sie vor ein paar Wochen so in Rage gebracht hatte. Auf dem Pappschild klebte ein Ganzkörperfoto von Grete, und darunter stand groß und deutlich in Kunos Handschrift:

»Der fetteste Fisch der Welt.«

*

Dann und wann, selten zwar, aber dennoch kommt es vor, dass das Universum Lebensträume erfüllt. In diesem Falle hatte das Universum gleich zwei Menschen ihren Wunschtraum erfüllt. Beinahe zumindest.

Weitere Titel von Alfonso Pecorelli

Das Mädchen, das die Welt veränderte

Alfonso Pecorelli

Ein zeitloses Meisterwerk von durchdringender Strahlkraft

Was geschieht, wenn der letzte Funken Menschlichkeit aufgebraucht ist? Die kleine Marie begibt sich auf eine fantastische Reise, um dies zu ergründen.

Vielleicht eine jener seltenen Geschichten, die das eigene Leben verändern können, weil sie Hoffnung geben.

Mit farbigen Illustrationen von Jan Reiser

Hardcover mit Schutzumschlag, 224 Seiten,
ISBN 978-3-9524640-7-6

Taschenbuch, 184 Seiten, ISBN 978-3-9524906-2-4

Auch als E-Book

Glück ist Leben

Alfonso Pecorelli (Hrsg.)

Wie man sein Leben bestimmt – bemerkenswerte Menschen erzählen

Zwölf Menschen unterschiedlichen Alters, die entweder von Geburt an oder durch ein späteres Ereignis vor wirkliche Herausforderungen gestellt waren, erzählen aus ihrem Leben und wie sie ihr Schicksal nicht nur gemeistert haben, sondern heute ein zufriedenes und glückliches Leben führen.

Hardcover mit Schutzumschlag
240 Seiten
ISBN 978-3-9524640-2-1
Auch als E-Book

www.riverfield-verlag.ch

Die Kommissar-Winter-Reihe

Die sensationellen Mystery-Thriller aus dem Riverfield Verlag:
die dunkle Seite der Literatur

Die Akte Harlekin

Thomas Vaucher

Kommissar Richard Winters erster Fall: Der Beginn
einer Epoche. Absolute Mystery-Spitzenklasse!

Hardcover mit Schutzumschlag, 352 Seiten,
ISBN 978-3-9524640-0-7

Auch als E-Book

Blutmond

Thomas Vaucher

Richard Winters zweiter Fall: Abgründig, extrem
spannend und erschreckend aktuell

Hardcover mit Schutzumschlag, 352 Seiten,
ISBN 978-3-9524640-0-0

Auch als E-Book

Der Incubus

Thomas Vaucher

Kommissar Richard Winters dritter Fall: fesselnd,
unverwechselbar – ein echter Vaucher!

Klappenbroschur, 304 Seiten,
ISBN 978-3-9525097-5-3

Auch als E-Book

www.riverfield-verlag.ch